在时光中盛开的女子

Blooming Soul

李筱懿 著

上海文艺出版社

序：知世故，而不世故

谢谢你打开这本书。

实际上，在选封面照片时曾经争论激烈，设计师说：为什么是这张呢？我们拍了那么多照片，这张并不是最好看的，背景也算不上干净。

我央求她：你看，这张不是笑得很幸福吗？还特别有亲和力，背景虽然不像拍封面硬照那么整齐，甚至还有街道和汽车，可这难道不是最真实的生活吗？一定要清场拗出一个特别大片的造型？有点僵呢。

设计师是个善解人意的姑娘，她满足了我选这张照片的小心愿，开始操刀 PS 我的脸。

我又叫起来：拜托，千万不要把我的皱纹修掉。

是啊，写这篇序言的时候，我已经是个 38 岁的女孩，哈哈，对，就是女孩，因为女孩是一种心态，与年龄无关，我们保持年轻的状态，但绝不装嫩。

所以，38 岁的姑娘哪能没有皱纹呢？千万不要把我笑起来眼角的细纹和鼻子边儿的笑纹修掉，这些纹路是我真实的一部分，既是我的年龄也是我的年轮，代表着积累、经历、诚意和温度。

有阅历的女人，就像在时光中盛开的花。

从 18 岁写到现在，20 年，我的语言风格变化很大，犹如彼时的身影追不上此时的心境。

18 岁，我特别喜欢用浓烈的比喻、排比、段子这类技巧性很强的表达；现在，一切叙述都普普通通娓娓道来，谁没有见过生活的苍茫，何必说话那么用力呢？18 岁，爱用感叹号、省略号之类特殊的符号表达不一样的心情，生怕不被别人理解；现在，满篇文章几乎除了逗号，就是句号，好像一个成年人的脸，心里的情绪不再需要被夸张的表情演绎，翻江倒海的内心戏未必用咆哮的方式表达，一个微笑已足够。

18 岁，观点鲜明，语气毒辣，铁骨铮铮，气质枭然，生怕别人看不见我，总是搜肠刮肚想些语不惊人死不休的文字。

现在，温暖多了，倒不是害怕得罪谁，而是过日子确实有很多不得已，哪个中年人没有几段灰头土脸的往事、一些不堪回首的过去呢？宽容点挺好的。

18 岁，喜欢对仗工整音律整齐，为了一个生僻炫酷的词绞尽脑汁，写出来之后恨不得满世界展览：请看我才华横溢。

现在，句式长短不对称有什么关系？音律不押韵有什么要紧？抑扬顿挫的节奏本身才是文字美和音律美的一部分，何必那么刻意呢？

18 岁，喜欢用“最爱”、“太圆满”、“极好”这样极端的形容词，好像不如此不足以表达情感蓬勃的张力。

现在，貌似外在都是浅浅的，深度在心里，一切不强求、皆可以，但我自有观点。

18岁，特别喜欢判断、下结论，什么都要三段式总结出中心思想。

现在，只是淡淡地说：我讲个故事给你听啊，对不对自己判断。

林夕曾说：

那时候，年轻得不甘寂寞，
错把磨练当成折磨，
对的人终于会来到，
因为犯的错够多，
总要为想爱的人不想活，
才跟该爱的人生活。

所以，在今天你打开的这本书里，我写了很多自己掉过的“坑”、摔过的跤、做错的事和走错的路，很想温柔地提醒你：此处有诈，请绕道。

你现在困惑的，是我当时经历过的；你目前迷茫的，是我曾经思考过的，我不相信捷径，但我或许了解方法。

我也不想谈大道理，但希望和你分享具体的解答和思路，陪你避开生活与职场可能遇到的问题，对爱人有软肋，向对手有盔甲，对朋友情深意重，也能避开对手的明枪暗箭，既凶狠，也温柔。

但我也同样明白，成长的定义是，亲自撞过南墙才知道疼。

所以，女人得体的举止、丰富的内心和智慧的头脑，从来不是一蹴而就，她们是时间的淬炼。

所以，一起抱团取暖吧，一起在时光中盛开，一起找到女人非常好的状态：

知世故，

而不世故。

见过生活凌厉，

依然内心向暖。

感谢设计师让我选了这张照片，并且没有修掉我的皱纹。

谢谢你，拿起了这本书。

李筱懿

2017年1月

目录

1. 时光是一场雕刻

2. 既 nice，也耐撕

3. 爱情没有对错，只有取舍

4. 打不过的敌人，就是朋友

5. 不完美，却依旧美

6. 爱，从来不是伤害

7. 学会把“事故”变成“故事”

1. 时光是一场雕刻

还是不要做一个橙子，把自己榨干了汁就被人扔掉。

成为一棵橙子树吧，春华秋实，年年繁茂，阅历是她的年轮，时光是雕刻她的刀。刀锋有时温柔，有时锋利，经历过疼痛，才有现在好看的样子。

把天聊死是一种怎样的感觉

我是一个反射弧比较长的人，说好听点，叫稳重，说难听了，叫呆，比如，一群人说笑话，我总是那个压轴笑的，别人笑上半场，我笑下半场。不了解的人会觉得好像很有智慧很深思熟虑的样子，其实，我只是吃过大亏而已。

刚工作几个月，老板看我目光机灵好像沟通能力很强，经常带我出席一些公务场合，成年人对职场小朋友都很宽容，即便说错话也往往被原谅，直到有一次我聊天把天聊死了。

那天中午来了两位重要客人，其中一位还是我的校友，作为老板秘书和未来工作的对接人，我们四个人一起午餐。吃得正high，校友问我教我们现当代文学的是不是某某，我说是啊。她接着问："他课上得怎么样？"

我觉得，是时候表现自己是一个有趣并且有观点的人了，于是blahblahblah滔滔不绝道："他是一个好老师，但是太没趣，他的课一半人睡觉，一半人看小说，他还有个最诡的毛病，每一届都要挑全班最漂亮的女生读《桨声灯影里的秦淮河》，哈哈哈，怎么，你们认识？"

我嘹亮的"哈哈哈"还飘荡在饭桌上，她已经吐出几个字：

"他是我爸爸。"

我老板深深地看了我一眼，没说话；校友的同伴赶紧找话题打岔。

不用猜，那个项目换了对接人。好的开始是成功的一半，糟糕的开始同样是难以为继的一半，这次吃一堑长一智之后，我明白社交关系错综复杂，浅表交往很难判断对面的人有着怎样的人际关系、爱憎喜恶，很难知道ta真正喜欢谁，又和谁有梁子。

年轻人都嘲笑过言语谨慎的成年人，觉得"语不惊人死不休"很酷，吃过亏才逐渐明白，那些看上去讲话没趣的家伙，不是呆，而是他们明白标准答案对于职场的重要性。

真正的聪明，并不需要抖太多包袱。

而机灵，是轻飘的，在重要的时刻，往往压不住场子。

后来，我进了报社做记者，写财经和人物访谈，开始总是整不出像样的稿子，因为我和采访对象没话可说，我总是像《艺术人生》一样问："最艰难的时候想到过放弃吗？""你那时有什么感受？""你的愿望是什么？""你觉得是这样吗？"

这些问题一句话把天聊到尽头，只能换来"是"，或者"不是"。

直到后来，我跟我师父一起采访。

她非常会聊天。

她总是聊一些细节，比如：咦，你办公室墙上这幅字有趣，"静水深流"，你为什么喜欢这句话呢？

再比如：我看过几篇你的采访，但是今天见面觉得你状态比采访中更好，你有什么窍门吗?

甚至还有：听说你蛮喜欢星座的，你是狮子座，我是大射手，哈哈，都是火象星座。

比起我滔滔不绝表达自己的想法，最后问一句“你觉得呢”，师父特别明白聊天的价值 —— 会聊天的人并不是为了表达自我，显示自己的聪明、睿智、博学，而是和对方形成语言和心理的良性互动，最终达成共识解决问题，先让对方说爽了，你才能获得自己想要的信息。

所以，她首先融洽气氛，每次见面都很会破冰，用细节告诉对方她关注并且试图了解ta，拉近心理距离，心放松，话才能放开。

她让我明白，话说得最多的人，并不是最受欢迎的人，说很多话和“会聊天”完全是两个概念，于是，我仔细留心了周围那些被称赞“高情商”的人，他们未必自己能说会道，但是都特别善于倾听别人说话，他们明白有效沟通是达成共识，而不是做一道抢答题。

即便我从师父身上明白那么多道理，却依旧克制不住自己话痨的欲望，我喜欢争论，在争论中表达自己打击别人，尤其享受占上风的快感，那时，我的话风通常是这样的:

别人：报社附近新开的那家港式茶餐厅不错，中午一起试试?

我：有吗？市中心那家才好，报社旁边的菠萝包有股怪味。

别人：你为什么不喜欢韩剧啊，女人看韩剧就像男人看武侠打游戏一样是放松。

我：我还是喜欢有脑一点的剧情，负责任的编剧，你看完了美剧和英剧再也不会想看韩剧了。

别人：《普利策新闻奖图语》很好看，新闻事件和作品的来龙去脉写得比较清楚，拍摄技巧和获奖理由的分析也到位。

我：千万不要看这种所谓国内专家写的大综合，真想看聊天技巧还不如《奥普拉脱口秀》。

我曾经就是这么一个会聊天的人，擅长三个必杀技：一句话堵死人，我比你牛掰，你好弱智。很多句子到我这儿就变成再也没有然后了，甚至，我自己都听得见话题落在地上摔得稀巴烂的声音。

有一次，我和师父争论一个现在早就忘记的话题，她轻蔑地斜了我一眼："现在我们就当打辩论，谁也不要让谁，看看你有多大本事争赢。"

我第一次发现，她原来那么能讲，我最后被抢白得哑口无言恼羞成怒，却找不到合适的借口发泄，甚至有一种气炸了要落泪的感觉。

她倒了杯水放在我面前："争论有意义吗？生活中哪有那么多大是大非值得争得你死我活，你以为平时别人不说话是服了你？她们要么是不和傻瓜论长短，觉得跟你说话浪费时间，要么是体谅你，不忍心真把你说败了，宁愿自己委屈。你争了这么多，获得什么了？"

是的，我获得什么了？

把天聊死之后，往往把路也堵死了。

从那以后，我尝试逐渐改变，即便有时旧习还难免冒泡。

我练习不要接话太快，使自己没有慎重思考的时间；不要说得太多，使别人失去表达的余地；不要总是反驳，堵死其他人的每一句话。

意外之喜是，语言改变之后，我的心态也慢慢转变，从暴躁到安静，从争执到思辨。

后来，我离开新闻部调到广告部，师父给我发了条信息：

> 莱特兄弟发明了飞机，一大帮子记者去采访他们，非要人家说几句惊世骇俗的话好回去写稿子，哥哥想了想，说，据我所知鸟类中最会说话的是鹦鹉，而鹦鹉是永远飞不高的。

这才是真正的炫酷。

或许，我们都曾经是个不讨人喜欢的年轻人，所谓的智慧不过是生存的痕迹，和吃一堑长一智的沉淀。

扫一扫，收听有声版

比情商低更可怕的是话太多

刚工作的时候，很多人问我为什么叫“李筱懿”这么复杂的名字。

这是一个拉近距离自我表达的好机会，我立刻绘声绘色地解释：

我原来的名字叫“李贝贝”啊，中国第一代独生子女至少5%的大名或者小名都叫“贝贝”，于是从幼儿园开始我不断重名，高峰时期，一个班里有四个“贝贝”。

我妈很懊丧，觉得这个名字有点low，她立志给我改个与众不同的名字，以匠人精神严选出“筱懿”两个字，“筱”是小竹子，“懿”是品德美好，多么清丽脱俗。

她很满意，根本不顾这两个字对四年级的孩子太难，我至少两个月才彻底写对自己的名字，甚至，我刚写完名字，我同桌都做好十道口算题了——他叫“丁一”。

每次，我说完，听众们都乐呵呵地笑起来。

可是，我依旧不过瘾，还要买一赠一附送我妈的，哦不，我母亲的名字的故事。

她叫赵辉，原来叫“赵荷菱”，像不像大明湖畔的夏雨荷？

她为什么改成今天的名字呢？

我妈兄弟姐妹四人，大姨“赵雪冰”，冰雪聪明；大舅“赵亚飞”，亚非会议那年出生；小舅“赵云飞”，乱云飞渡仍从容。这些名字诗情画意，比同时代的“桂英”、“建国”们洋气多了。

可是，后来我外婆认为这四个名字小布尔乔亚气质明显，与质朴的时代气息严重脱节，她担任地方统战部长，立场坚定以身作则，于是决定把四个孩子的名字改为“光、辉、灿、烂”——我大姨赵雪冰成了“赵光”，我妈赵荷菱成了“赵辉”，我大舅赵亚飞改名“赵灿”，小舅赵云飞变成“赵烂”。

四个名字连在一起意义深远，可是，拆开之后简直了，每个人都对新名字极其不满，我小舅一直到今天都觉得，如果不是叫过“赵烂”，他的人生会更灿烂。

因为吃过名字的亏，我妈才一定要给我改名。

每次，听完我附赠的故事，听众们笑得更开心了。

我第一次意识到自己话多到了不妥的程度，是我老板把我叫到办公室。

他笑眯眯地问：“小李，你是独生子女吧？你原来叫李贝贝，小学四年级才改的名，你妈妈有四个兄弟姐妹，你外婆是个老革命。”

我张大嘴睁大眼：“你怎么知道？”

我老板微笑：“你确实没有直接告诉我，可是，你和全办公室都说了一遍，自然有人告诉我。我这种老江湖，把信息拼在一起，马上就能判断出你的基本状况。你不觉得可怕吗？一个人自己都不注意保护好个人信息，别人会更乐意帮她宣传，传七传八之后，所有关于她的信息都会走样。你是我的秘书，我希望你表现出和职业等同的专业素养，如果话少一半，你的情商看上去至少提高50%。”

是的，如果你愿意仔仔细细追根求源，会发现几乎所有“传言”都是在你自说自话的基础上加工改造的，如果当时你能少说两句，能不递出那个“话引子”，就不会引爆后面的信息炸药包。

你说出的每一条信息，关于父母、配偶、子女、职业、朋友、上司，被碎片化解构然后重新排列组合，就是另外一个故事另外一个人。

可怕的是，这还不算造谣，这只是不同程度的信息重组，即便重组得走了样也依旧是你自己说的，关于你自己的事，大多数来源于你自己的嘴。

甚至，很可能你的不关痛痒，就是别人的至关重要。

一位做人力资源总监多年的朋友告诉我，无声的细节实际上更多透露了一个人的基本信息。有一次，她们通过猎头寻找一位市场VP，引进高管职位极其慎重，两位候选人旗鼓相当，最终她们浏览了两个人的朋友圈，选择的结果是：

一位的微信签名就是本人的名字，精准得像闹钟，永远在早晨7:30发一条主题叫#我的学习早课#的行业资讯，他的朋友圈里没有任何个人信息，从他发的内容，你完全猜测不到他的状态、心情、职业等个人信息，甚至连“早课”都涉猎广泛，看不出他所在的企业正在关注怎样的行业风向。

另一位，微信签名很文艺，经常PO个人生活，虽然每天只发一至两条内容，但是图修得非常精致，每次发图一定是九宫格占满。

最终，“早课”胜出。

我问为什么，另一位很有人情味很有趣啊。

朋友说，有人情味和有趣确实是很不错的特性，但并不是一个市场VP最关键的个性，我们更需要他靠谱，水准稳定业绩出色，从细节上看，“早课”肯定比“九宫格”符合要求。

她接着补充，去翻翻你的朋友圈，很多人都在无声地“说话”：

一天发八条以上，每条间隔不超过一小时，除了微商、代购、营销等职业需要，基本都是表达欲和控制欲很强的人，ta们非常自我，不在意自己的信息给别人带来怎样的打扰；

每天都要发自拍，每张自拍都要精修，至少这个人蛮自恋，当然，自恋并不是不好的特点，关键看用在哪儿；

从不发自己真实的状态，只是转发一两条的人，如果你确定这不是ta的工作号，ta通常自我保护非常严密，可是窥探欲很强，ta会躲在自以为安全的角落默默观察别人的生活，你给ta发一条信息，保证ta回复得还不会太慢；

经常发两句“今天天气不好，心情也一样”，这个人十有八九不超过30岁，如果超过了，多少有点玻璃心，和ta打交道多留心，ta们很敏感，相处起来有点累。

……

对，我们就是这样被人看透的，用有声的或者无声的语言。

你自以为的幽默，很可能是口无遮拦；你自以为的“有趣”，很可能是轻率的逗比；你自以为的亲和，很可能是距离感差没有分寸。

总是知无不言言无不尽，每个话题都要发挥，日积月累，效果很吓人。大多数女人用了两年学会说话，却用了一辈子都没学会闭嘴。

请成为“优质心机女”

1. 滑头、聪明、心机，并不是同义词

刚进报社，我是记者，这是一份相对自由而且很受尊重的职业，至少没有太多需要“求人”的地方。可是，过了段时间，领导把我调到广告部，我的生活全变了，世界上最难的事，莫过于从别人口袋里掏钱，怎么能掏到呢？

20%的客户产出了80%的利润，首先得从大客户开始。

当时我负责家居行业，A是大客户和风向标，他的意义不仅在于自己占据了行业广告投放量的30%，而且自带吸附效应，他的选择拉动了其他同行的选择，攻克他就等于拿下这个行业广告的半壁江山，我铆足了劲，觉得得用点“心机”。

可是，A并不是一个好说话的男人——坦率地说，但凡有些成绩的人，无论男女，都不会太“好说话”，或者他们所谓的“好说话”只是亲和力强，并不是原则性差，能成事的人都有自己的准则和标准，绝不会随波逐流。

A岂止是不随波逐流，简直冷面冷口，初次见面怎样打破僵局？我花了很大的功夫准备。

从坐到A办公室沙发的那一刻，我就进入全面战备，把关于A的信息资料：哪里人，哪些媒体做过采访，说过哪些话，生日，星座都掰扯一遍，不是有个词叫“人际破冰”吗，我打定主意是座冰山也得用热情融化。

可是——

A很快打断我：“李小姐，你今天来不是采访，真正的目的肯定不是问我的星座，你能不能直接告诉我，你们有什么，我们需要付出什么，最终可以共同得到什么。”

我觉得摁了快进键，但松了口气，这才是我真正擅长的方式。

我拿出两份同样的装订整齐的方案说：A总，来之前我给你邮件过方案，但是，当面沟通肯定更便捷。

我把方案中的每一项向他详细解释，同时阐述一些自己的观点和看法，他有时点头有时打断，无论怎样的表态，至少看得出他在认真地听。

我不知不觉讲了半个多小时，停下来喝水。

并没有刻意“破冰”，但是显然我们之间那层“冰”逐渐化了。

A笑笑说：李小姐，我是一个蛮直接的人，而且我相信，商业环境越来越透明之后，人际沟通也越来越简单。如果我们完全没有合作意向，可以不必见你，甚至见了之后用各种理由走个过场不得罪人。可是，既然我们坐下聊了，就不要讲太多太飘的话，我觉得，尽量在最短的时间里让别人知道你想要什么，反而有着更高的成功几率，有点像《左传》里说的“一鼓作气，再而衰，三而竭”。

我也笑：那你怎么不一坐下来就跟我说，来，把你方案拿出来。

他笑着摇摇头：总得给女士留点面子啊，如果是男人就没那么走运了。但是很多女生都意识不到，别人仅仅给她们留了面子而已，她们老觉得小聪明就是心机，其实，真正的心机是不要无谓的滑头，懂得恰到好处地提供给别人想要的东西，并且不绕弯子。

这是我听过对于“滑头、聪明、心机”三个近义词很实在的理解，也让我对“心机”有了不同看法，它并不是字面上的意思，要花招得到自己本不应该得到的东西，而是有准备的“双赢”。

尊重这种逻辑，我们很快和A客户达成合作，他在任的几年里沟通简单、直接、顺畅，各凭资源和本事，彼此心都不累。

后来，他升职调离，真心替他高兴。

2. 越重要，越简洁

朋友圈有人写了一段话：

> 有成就的企业家就一个标签——企业家。没有成就的形容词很多——新锐企业家、90后企业家、美女企业家、创业教父、儒商……

回复炸锅了，各行各业都在自嘲：

> 有成就的作家就一个标签——作家。没有成就的形容词很

多——美女作家、著名作家、青春偶像作家、知名畅销书作家、新生代情感女王……

有成就的投资人就一个标签——投资人。没有成就的形容词很多——美女投资人、互联网领域投资专家、创业导师……

有成就的演员就一个标签——演员。没有成就的形容词很多——著名演员、偶像明星、演而优则唱的歌手……

或许大家都曾经耍过一点小聪明，希望借助虚名虚张声势，但实力总是自带光芒，名头越夸张，实质越空虚，合作是被能力折服，而不是被一串title吓倒。这是稍微在职场摔打几年的人都明白的道理，可明白是一回事，做到是另外一回事。

3. 实力，是最强悍的“心机”

我曾经收到过一张特别“心机”的名片。

那是一个非常社交的场合，大家礼貌客套地交换信息，但是，有张名片特别显眼，名字后面很多头衔，密密麻麻排了两行，最后还有一句注释：相当于正处级待遇。

我吃惊地看看名片的主人，一位矜持得有点傲慢的女性，不太说话，端庄地坐着，大家也不好意思贸然上前聊天，生怕轻慢了“正处级”。

“正处级”不怎么和普通人交流，但对主宾时笑靥如花，虽然他不太搭理，她仍然竭力接过不咸不淡的话头攀谈，殷勤地递着名片，亦步亦趋地随行，看得出她做了很多准备，费了很多心思，甚至在她持续的热情下，主宾的态度逐渐松动，开始主动抛出话题，毕竟，能始终对一张热情的脸摆臭脸，也需要毅力。

后来，看到她名片的朋友告诉我，她很厉害，多年靠着穷追不舍也解决了一些棘手的问题，她有句名言：是人就有需求，有需求就有弱点，有弱点就能攻克。

然后朋友摇摇头，继续说：我真是觉得她蛮有能力，如果她把能力用在自己身上，未必要对别人下那么大功夫也能办成事。女人和男人特别大的不同是，吃相很重要，吃相太难看，食物的味道也会打折。

我曾经觉得“心机”是“心计”，后来却发现根本不是那么回事，女人最扎实的心机，其实是她的实力。

真正优秀的心机女，敢说“我要”，也敢说“我不要”。

想讲利益，就把利益说清楚。

要表达感情，就把感情表达明白。

她们并不是布了多少局，耍了多少花腔，多少次地运筹帷幄，踢倒别人立住自己，而是把力气花在提升自己的实力上，用最简短便捷的方式达到了目标。

那时，再势利的眼光，都会被她的实力掰弯。

她把脾气调成静音，你却发了火

1. 为坏脾气埋单太贵

我曾经为自己在公开场合的情绪失控付出特别高的代价。

一位公认难打交道的女客户，方案修改了无数遍依旧不满意，合同谈判了十几个来回依旧签不下，可是，这是我最重要的客户，占业务总量的50%以上。

想起自己辛苦而无效的付出，以及签不下这个合同的惨淡影响，我委屈又无助，悲从中来怒从心起，在电话里大声对她说：你的要求特别没道理，你也特别变态，别以为甲方了不起，我不伺候了！

说完，狠狠摔掉电话，心底涌起“姑娘不受这口气”的爽气，只是，爽气片刻就被绝望覆盖，我趴在办公桌上呜呜呜哭起来。

直到同事拍拍我递纸巾，我才想起这是一间开放式的大办公室，当时，我是一个26岁的成年女人。

很快，我对重要客户发火的事人尽皆知，上面领导直接找我问责，一把手找我谈话，鉴于我的“不成熟”，部门准备把这个客户调整给别人。

女客户也绘声绘色把我们交锋的段子传给同行，我成了本事不大脾气不小的代表，以及行业里的一个笑话。

我的怒火既无法推进工作，也改变不了她的傲慢，还把自己扔进了坑里，平静之后，我不止一次后悔：我图什么呢？

我为此花费双倍时间扭转，结果怎样？结尾告诉你。

2. 脾气是男女之间杀伤力最大的冷兵器

我的女朋友周周曾经说过两件她当着老公面发火的往事。

第一次发火，他们结婚度蜜月，在旅行地的一家酒店自助早餐时和邻桌发生争执，周周说，当时对方不讲道理极了，妈妈纵容孩子不停晃桌子大声吵闹，她和丈夫无法用餐，她制止时和对方争吵，心疼她的老公自然不会袖手旁观，两人联合把对方吵败了，得意地觉得“夫妻同心其利断金”。

可是，晚上结束行程回酒店的路上，意外来了。

他们被几个当地男人围住，老公被暴打，她被捂嘴控制在旁边，领头的男人说：“教训下男的，不伤筋骨，别动女的，打完收工。”

伤得不算太重，老公下巴缝了七针。

周周说，医院里她握着老公的手，针每穿一次，她的心抽一次，她脑海里迅速闪过早晨那对母子，人生地不熟，谁会下重手？一定是结了梁子。

客人的无礼，可以请服务生协助制止；旁边很多空座位，可以调整位置回避冲突，自己为什么一定要发火？

她的怒火点燃了男人的好胜心，她成了老公的面子，把他架到胜负的高点，而争强斗狠从来都是杀敌一千自损八百，值得吗？

不知道对方是谁，底线怎样，就敢随意出招，想起来都后怕。

蜜月之后，只要老公在场，她尤其注意克制自己的脾气，克制是保护，护自己，也护别人。

第二次发火，发生在她和老公之间，早已记不起原因，只记得半夜吵起来，她忍不住发火说重话，激怒了他，他摔门开车而去。

次日早晨，她才知道，他心里烦躁分神，把油门当刹车，为了避让其他车辆撞上一棵树，好在人没有大碍。

周周苦笑，脾气是男女之间最锋利的刀片，刀刀见血，心和肉一起疼。

3. 把脾气调成静音，不动声色地解决问题

据说，宋美龄非常善于控制情绪。

她一直对丘吉尔不满，原因是当年英、美、苏、中是同盟国，但是“丘吉尔看不起中国，罗斯福把中国看成四强之一，丘吉尔的态度一直是不赞成的”，这让宋美龄非常恼火，一直拒绝访英。

甚至，丘吉尔到美国访问时提出想见同在美国的宋美龄，她坚决拒绝。《顾维钧回忆录》描述，有人提醒宋美龄见丘吉尔会给对方脸上增光，她立刻表示：“放心，我不会帮他这个忙。”

可是，1943年11月，宋美龄陪同蒋介石参加英、美、中三国首脑开罗会议，她和丘吉尔不可避免地会面，两人有过一段经典对话。

丘吉尔说："委员长夫人，在你印象里，我是一个很坏的老头子吧？"宋美龄没有回答"是"或"不是"，直接把皮球踢回去："请问首相您自己怎么看？"丘吉尔说："我认为自己不是个坏人。"她顺势回答："那就好。"

蒋介石特地把这段对话记在了日记里，他自己脾气暴躁，经常打骂下属，所以他特别欣赏宋美龄的外交智慧，夸她既不违反外交礼仪，也不违背自己内心。

外交和生活一样，并不靠脾气，靠的是实力。

4. 放狠话是"我没辙了"的另一种表现

回到开头，后来，这个客户终于成功合作。

原因当然不是我发了火，吓住了难惹的女客户——搞不定的人就是搞不定，传说中的"精诚所至金石为开"的另一个意思是，"你有这闲工夫去干点别的，什么都能做成"，所以，两个合不来的人用不着在一起死磕，我礼节性放弃了对她的公关，转向她的上级和下属。

她的上级是营销政策制定人，她的下属是具体工作对接人，虽然不如她直接，但她这条路不通啊，即便绕道远了点，也要走走试试。

绕道之后，我走通了。

我获得了她领导的认可，并且和她的下属相处融洽，决策者和执行人都开了绿灯，她的红灯也不好意思一直亮着，终于，她红灯转黄最终变绿。

而我，学会了对情绪的冷处理。

怒火是虚弱的前奏，是你对这个世界毫无办法之后最无力的发泄，解决不了任何实质问题，却烧光了你的清醒和内存，烧坏了别人对你的信任。

搞不定可以绕道，虽然路远一点，同样能到终点。

绕不过去还可以放弃，未必所有事情都值得坚持，放手有时是及时止损，甚至是另一个高效的开始。

我们并不需要没有情绪逆来顺受的窝囊，但我们终究会懂得把脾气调成静音模式，不动声色地收拾生活。

昂贵不是手表和包

或许每个女孩都有一段热衷名牌的过往，觉得拿着爱马仕就能拥有爱马仕的人生。

在名牌与平价，昂贵与舒适，自我与从众之间游走很久，我确定“昂贵”的女人并不仅仅是她使用了昂贵的物品。

1. 穿着BOSS未必是BOSS，拿着爱马仕人生不一定爱马仕

十五年前，我的第一份工作刚刚开始几个月，BOSS接待一位重要的客人，我作为他的秘书陪同，由于对方是我们的核心合作伙伴之一，BOSS特别叮嘱：注意穿着与举止，你代表公司形象。

我理所当然地认为，这是让我再穿好点穿贵点的节奏，那得提前准备，我提前半个月就忙开了。

衣服花两个月工资买了全套PORTS女装（对，当年流行这个牌子，哈哈），廓形和质感都很棒，就是看上去有点像我妈，于是，又回家向我妈借包包和手表，我妈看我这么隆重，也不由重视

起来，问我是不是需要更贵一点的首饰，我眼放金光地点头，于是，我妈拿出一块我从来没有见过的翠镶钻苹果形吊坠，说：你外婆留给我的翡翠，这两年才镶了钻，借你先用。

我携带各种宝物一溜烟地跑了，期待着隆重的见面。

终于到了接待贵宾的那一天。

对方一行四人，总经理与助理，两位与我们公司业务对接的伙伴；作为东道主，我们六个人，BOSS、四位部门负责人和我，我老板看到我的第一眼，就被我的穿着雷翻了。

他自己穿一身裁剪得体的定制西装，潇洒却不过分隆重，而我，就像橱窗里的模特，从套裙、手表、手包到鞋全方位展示，尤其那块闪瞎人眼的翡翠，我老板斟酌了措辞，无奈地说：小李今天很隆重，翡翠特别显眼。

宾客现身之后，我更加恨不得化作青烟消失，他的助手是位比我年长几岁的女性，着装简单大方，没有任何夸张的首饰，一条细细的颈链，链坠是一颗简单的单粒钻石，更把我衬托得像樱桃小丸子的妈妈。

40岁以下的女孩们，不要轻易挑战翡翠这种高难度珠宝，基本hold不住，戴上或者有一种最炫民族风的即视感，或者迅速提升两个年龄段。

好在，见面顺利，宾主尽欢，除了我穿得太夸张。

送走客人，我老板看着我笑起来：对不住你，我叮嘱错了，其实你平时穿着很正常，今天用力太猛，换上你妈妈的衣服来了。

我委屈地说：你让我穿好点，我就花很多钱买了名牌。

我老板摇摇头：昂贵不如得体，穿着BOSS未必是BOSS，拿着爱马仕人生不一定爱马仕，以后别这么穿了，保持自己的质感和风格比追求名牌更重要，懂得欣赏好东西，但也不要被外物所累。

后来，我在职场着装方面几乎没有再犯错，或许与这次经历有关。

我不追求名牌，着装符合身份、职位，服装语言既不咄咄逼人，也不会没精打采。但我也不排斥名牌，如果质感和风格看上去像我的东西，我愿意在其他方面节约，买即便昂贵但使用频率更高的物品。

总之，我不会为物所累，选择的标准是“合适”，而不是“价格”。

2. 昂贵的不是包包，是女人的整体风貌

怎样才算一个昂贵的女人？

陈丹燕的作品《上海的金枝玉叶》记录了永安百货创始人之一郭标的女儿郭婉莹的一生。

永安百货是中国最早的建筑综合体，开业时盛况空前，原本准备了3个月的货品，却被疯狂的顾客40天抢空，创始人之一的郭标在澳大利亚靠水果生意发家，应孙中山的邀请回国发展实业，郭婉莹是他的第七个孩子，也是最宝贝的小女儿。

她出生于悉尼，6岁回到上海，住在妈妈家族的产业东亚酒店里，和宋庆龄、宋美龄就读同样的学校——学费高昂的中西女塾。

她是学校里最引人注目的女生：父亲是上海最大的百货商，还是孙中山的造币厂厂长，孩子们乘坐防弹汽车，糕点师傅是从彼得堡皇宫逃到上海的御厨。

她是名副其实的“名媛”，一位昂贵的女人。

可是，同样是这个女人，在特殊年代被打倒，一切财产充公，站在菜场里卖咸蛋，吃八分钱一碗的阳春面，50岁时还被赶出大宅去刷马桶，直到十指变形。

有人问她劳改的岁月如何度过，她优雅地挺直腰背和脖子，说：那些劳动有利于我保持身材的苗条。

她凭借流利的英语成为老师和翻译，最喜欢的一张照片，是自己在播音，她觉得工作让自己被需要，因而非常美丽。

87岁时，郭婉莹和三个年轻女子一起出去吃饭，路人纷纷回头，陪伴她的姑娘觉得情形像三个男人陪着一位迷人的美人去餐馆，而不是三个女孩守着一个老太太。

那时，她早已失去华服美饰，甚至连青春都不复存在，可是，没有人觉得她廉价，更没有人觉得她不美。

“文革”时有人编造，郭婉莹当年到永安公司去买东西，自己坐在沙发上，一手拿着茶，一手夹着香烟，售货小姐们排成了队，手里捧着新货一一走过她身边，如果她点头，就去把货包起来，然后她挂上账，跳上新式美国汽车，绝尘而去。

她听着这个故事，感觉自己像是听戏里的场景，她说，这是她做梦都不敢想象的事，她要是这样做早就被逐出家门，她家的教养和规矩绝不允许子女用这样的态度待人处事。

这些，都是对昂贵的误读。

是没有经历过真正昂贵生活的人，想象“昂贵”是一种嚣张和跋扈。

实际上，昂贵，更接近“谦谦君子，温润如玉”的气度。

就像郭婉莹，她曾经有过很多个包、很多块表、很多件衣服，即便全部失去，也依旧是个昂贵的女人。

3. 最昂贵的，是你自己

一个包，一块表，有或者没有，都不能彻底改变女人的生活。

一个昂贵的女人，不是她吃的穿的用的戴的之类“外物”上的昂贵，而是她本人昂贵。

她有一项昂贵的本事和技能，让她活得意气风发与众不同；她有一副昂贵的情怀，使她经历生命的消耗与磨损依旧光彩照人；她有一种昂贵的风格，独独属于自己，即便茫茫人海也辨识度很高，让人一望便知那就是她，而不是面目模糊的其他女人。

那句最流行的“以貌取人”，或许我们理解偏了它的真正含义，“貌”不是外貌，不仅仅是衣服、包包和手表，更是一个人的知识、本事、风度、气势叠加出来的整体风貌。

好像张曼玉，她一手包办自己的形象设计，并不被品牌左右，更不会只买名牌，她说：“我有一个很奇怪的习惯，我会把衣服的label全部剪掉。我不想知道自己穿的是什么品牌，不想知道那是Balenciaga，还是Esprit。因为对我来说，这些衣服都是张曼玉的，是我的一部分。”

风格关乎性格，人，才是最重要的。

所以，我们依旧会买包，买那些我们需要的，并且力所能及的高质量物品。但我们同样会去菜场，会逛超市，会陪伴家人，会工作、阅读、旅行，这些最日常琐碎的事务与最昂贵精致的事务丝毫不矛盾，一起构成了我们完整的生活。

只是，我们内心平静，不再刻意追求昂贵的物品，需要依靠它们彰显自己的“昂贵”；我们逐渐活得舒展，在昂贵的物品之外，逐渐拥有昂贵的自己。

愿每个姑娘用和买包同样的热情充实自己。

愿我们不只拥有昂贵的包包，同样拥有昂贵的自我。

你也爆发一个给我看看啊

我刚做记者的时候，才见了几个采访对象，做出一点正确判断，就自认为长了一双火眼金睛，能够看穿任何人皮袍下藏着的小，手中键盘犹如三尺长枪，投向表象背后的真相。我哪儿是工作，我就是江湖啊，我怎么是记者，我就是侠女啊！

我被分在财经口，想象中的工作场景应该像美剧《新闻编辑室》一样，职业装合体，哪儿有大事哪儿有我，再不济，也得像央视《对话》，每一个问题都和GDP有关，和三十年来改革开放的成果有关。

这世界上不还有个词叫“但是”嘛，我就是“但是”。

一张普通的都市报哪有那么大财经视角，作为一个新手记者，我热血挥洒的核心场地是菜场、商场和重要边角料，我负责整理菜价之类民生信息——在很多报纸，这都属于泛财经范畴，我人生第一次相对大型的采访，是帮三十名贫困大学生找到资助对象。

在这次活动中，我认识了K。

那时，我既盲目自信又相当脸谱化，认定上天先给每个人发了一副皮囊，再根据皮囊分配各自扮演的角色：你全套黑西装，卖保险的；你维氏背包配polo衫，IT出差狗；你皮草穿得跟藏獒似的，暴发户；你妆容精致浑身香水嫩龄开跑车，小三；你面容端庄衣着朴素，我们最广大的劳动人民啊。

K从打扮上被我归入最土的暴发户，他的一切都和我的喜好长反了，他身穿T台爆款，手戴某种不知名树木做的手串，开着拉风的被改装得花花绿绿的豪车，他一走过来我就想跳广场舞。

K是我师父的朋友，到报社找师父办点事，顺便捎我去现场。

这种身经百战的老江湖早就看出了我的清高，他逗我说话，我懒得搭理，他不以为意地笑笑。路过一个狭窄的路口，后面一辆急躁的车左突右闯超车，却被K庞大的变形金刚堵在旁边动不了，气急败坏狂按喇叭，K斜了眼后视镜岿然不动，对方好不容易钻出来超车到我们平行位置，摇下车窗大骂："拽什么，暴发户！"此处省去一筐脏话。

K没有半点恼怒，他车窗本来就开着，他从墨镜后面无所谓地看看对方，咧嘴笑笑："你也爆发一个给我看看啊。"对方还准备回嘴，被同车人劝住，骂骂咧咧地走了。

我觉得K有点酷。

到达现场，K被邀请坐在最主要的位置——三十个学生，有一半是他资助，他一改路上的拽，低调谦虚，奋力反抗坐到最不起眼的位置。

学生们事先排练过，表演色彩浓郁，充分表达出与资助人亲如家人的感谢，轮到K上场，十五个学生呼啦啦全围过来，摄影记者赶紧冲上去，K紧张地挥手："什么也别拍，什么也别写，给孩子们留点面子，你愿意自己照片作为捐助对象放在报纸上？”

主办方组织学生发表被捐助感言，K立刻制止：“别折腾孩子，我做这事是因为自己觉得值得，同学们记着，今后不管谁给了你多大帮助，都不需要你低三下四去感谢，起码你们在做人上是平等的。”

他走回自己的座位，我小声跟他说：“大哥，您别装了，不摆样子您来这儿干吗，您这让我稿子怎么写？”

他揶揄地看看我：“写稿子是你的事，我来是因为见面三分缘，我想现场看看学生们。”

我写了一篇没有提到K的稿子，把想自我宣传的其他人做了重点突出。

K很满意，我们成了朋友。

我想我们成为朋友是因为彼此没有利益关系，能说点真话，而且我没有钱，他没有文字才华，我们很互补。

我因此认识了他的太太——从外表上看她也是暴发户老婆的标配，只是，我在收回成见之后，发现K太太是个特别能吃苦又旺夫的女人，他们一起创业，最早从服装批发做起，现在手握数个大牌，K太太脾气未见得多好，却处处让着K，她说：“王不见王，家里和生意上两个王怎么办？”

她有天生的生意眼，有一次她和我一起路过商场某个饰品品牌，她对我说：“这个行业利润非常高。”

我很惊讶，问她怎么知道，她笑笑：“这是这层楼非常好的位置，两年来这个位置换了三个品牌，只有它做了一年多没有被调整，店面每天的客流量并不密集，不是高利润，怎么能支撑下去？”

我和K太太一起吃饭，她除了关注菜品本身，还能根据客流量、翻台率、客单价飞快计算出一家酒店的盈利状况，我问她这样吃饭累不累，她翻了个白眼：累个鬼，我们早就形成了这种思维习惯，做生意成本概念太关键了，你以为我们暴发户是吃素的？

我过生日，K夫妇送我礼物，居然是他们店里我特别想买却没舍得买的一条小黑裙，我推辞太贵重，K太太塞给我：拿着，我们比你有钱，等你挣钱了再送我们贵的，现在难道要我折一千只纸鹤给你？我没那个闲工夫。

一晃十多年。

去年我创业，K打来电话，开口就问：你缺钱吗？生意上的事有什么不懂的来请教请教我，别自己瞎折腾。

我有点感动，依旧猥琐地问他能借多少，他奸笑着说：你别不知足了，什么是朋友？关键的时候愿意为你讲话，你需要的时候愿意借给你钱，才是真朋友，其他都是虚的。你量力而行，不要想着铺大摊子，借超过你能力的钱，不要只顾着情怀这些虚头巴脑的东西，商业模式清晰，做自己最擅长的，才能走出来。

K夫妻价值观简单粗暴，可是，他们让我觉得，很多真相都简单粗暴，谎言反倒需要披着脉脉温情的外套，打扮成特别符合价值观、特别有人情味、特别能说得圆的样子，不然，谁会接受呢？

表象是极具欺骗性的。

穿全套黑西装的，或许不是卖保险的，只是个不懂穿搭的职场新人；维氏背包配polo衫，可能不是IT出差狗，就是个图方便的旅行者；皮草穿得跟藏獒似的，或许她就喜欢这个style，而且用的环保仿皮草；妆容精致浑身香水嫩龄开跑车，也许真是创业新贵自己挣的；面容端庄衣着朴素，兴许别人只是不露富。

每个人的脸，都只是一张画皮，画皮画骨难画心。

就像K这种暴发户，能爆发的人，起码都自带TNT。

没有那点内在，不论赶上怎样的好时代，都爆发不起来。

厚积而不发还觉得全世界都欠了自己的，大多是个闷炮。

2.

既 nice，也耐撕

世界的确会为微笑让路，但它不会为没有原则的傻笑让路。

nice 不是有求必应，耐撕也不是摆在脸上的杀气腾腾。

她们是生活的分寸和火候，

把我们淬炼成恰如其分的女子。

请保持“优雅的狼性”

1. 什么是“优雅”的狼性

刚到报社工作时，我领导非常瞧不上我，他不止一次抱怨：来了一个花瓶。

我领导很牛，做记者时曾经一个月三十天里十五天的头条都是他的稿子，后来分管广告运营，月度营业额成倍地增长，这样一个实力派觉得我花拳绣腿很正常，毕竟，来报社之前，我只做过两个看上去很优雅的职位：总经理秘书、人力资源与培训总监。

他向我交待工作，我拿着本儿认真地记，他眼睛却扫到我办公桌：一罐evian喷雾、一小瓶补色提亮的指甲油、一面非常精致的化妆镜、一束鲜花、一套骨瓷壶和茶杯，还有一个雅致瓷器的天使。

他脸上浮现出明显的不认同：明天把这些和工作无关的东西统统收掉，没有一点狼性根本做不了销售，销售是用数字说话，销售额难看打扮得再好看都是扯淡。

和我上一位500强出身日日西装袖扣的BOSS相比，他就像个野蛮生长的土匪，我从来没被人这样呵斥，不服也不爽。

他接着说：你试试，这个月签一个不小于三十万投放额的客户。

十二年前的钱还蛮值钱，我刚入行什么客户都没有，怎么签？

他不管，背着手扬长而去，丢下一句：容易要你干吗？

不赘述经历了多少周折我真签下了一份超过三十万的合同，我按照自己的行为准则，优雅而挑衅地把合同轻轻放在他面前，他龙飞凤舞地在用章报告上签字，示意我坐下。

他从书架拿下一个相框递给我：这是我大学刚毕业的时候。

我看到照片上有个清俊斯文的青年，一点不像我对面板寸头目光凌厉的壮年。

他说：那时我也很斯文，工作之后才发现斯文应对不了全世界。做新闻，写曝光稿能斯文吗？写独家稿件找素材能斯文吗？后来做广告销售，攻下客户能只靠斯文？追欠款能只有斯文？到什么山唱什么歌，你的行为方式要和环境相适应，你看报社谁的办公桌上摆了你那些东西？

我想起那些优雅的摆设，确实觉得和环境有点不搭。

他接着说：女人的优雅就和男人的斯文一样，一定要有，但不能只有，女人多少得有一点“优雅的狼性”——有“贪”念，愿意探索新领域；有“残”念，把困难毫不留情地克服掉；有“野”性，具备敢拼一把的精神；有“暴”性，不轻易放弃，不对难关温柔。

把优雅和狼性结合在一起，才能适应复杂的环境。

他说完，我也服气了。

我收起办公桌上的杂物，努力适应销售的氛围和环境。

第二年，这些摆设又回到我办公桌上，那时我已经是业务标兵，业绩撑得起骄傲。

2. 有态度不等于“出恶言发恶声”

一百年前有个很出名的“七小姐”：近代上海第一豪门盛宣怀排行第七的女儿盛爱颐。

盛宣怀是晚清重臣，洋务派领袖，被誉为“中国实业之父”和“中国商父”，创造了十一项“第一”：第一条铁路干线京汉铁路；第一所近代大学北洋大学堂（天津大学）；第一个慈善机构中国红十字会；等等。

盛爱颐的身份尤其不同，她是盛府当家人庄德华夫人的亲生女儿，庄夫人出生于常州大户，精明过人，善于理财治家，她的账房叫“太记账房”，经营的盛家产业从上海、苏州、常州，直到南京、九江、武汉，极为雄厚。

盛爱颐是庄夫人的心肝宝贝，当年宋子文向她求婚，庄夫人觉得他虽然长得不错，但家世一般，“父亲是教堂里拉洋琴的”，门不当户不对，死活不同意。

可是，优雅的大家闺秀却遭遇了风云突变。

母亲庄夫人去世后，人口众多的盛家立刻陷入财产大战，其中有一笔三百五十万两银子被五名男性继承人平分，丝毫没有顾及盛爱颐姐妹，她向哥哥们提出十万银元出国留学也被拒，按照购买力推算，那时十万银元大约相当于现在的一千万元人民币。

民国倡导男女平等，女性享有和男性同样的继承权，盛爱颐明显遭遇极大不公，如果不捍卫自己的权益，损失惨重，可一个优雅的淑女，怎样维护自己的利益呢？

盛爱颐打了中国第一场女权官司。

1928年6月，盛爱颐把盛家的五房男丁告上法庭，她在诉讼里写：法律上以男女平等为原则，国民党对内政策第十二条业已确认，明确未出嫁之女子，有与同胞兄弟同等继承财产之权。

盛家的遗产官司轰动一时。如果按照普通打法，这只是平常的家庭财产纠纷，但盛爱颐很聪明地把它提升到民国初年争取男女平等的高度，引起整个社会和新闻媒体的巨大关注，甚至法律界也高度重视，开庭盛况空前，连旁听席都坐满了，但优雅的七小姐本人并未出席，或许是不想直面尴尬的家族纠纷、亲人反目吧，她全权交由律师代理。

一个月后，法院判决书下来，七小姐胜诉，合理合法分得五十万两银子。

她为中国女性的财产继承权开了先河树了榜样。

如果只有一味的优雅，亲情和面子都不允许盛爱颐打这场官司，可未来的生计是现实的；如果只有一味的泼辣，她也未必能打赢官司，胡搅蛮缠一般都没有明确结果，兄弟们请的律师也很牛掰。

但是，她既优雅，也泼辣，抓住关键点，打蛇打七寸，不出恶言，不发恶声，有理有据，据理力争，为自己赢了漂亮的一仗。

优雅的狼性，不是野蛮和泼辣，而是有能力表态，有本事维权，有实力碾压困难，有才华打开新局面。

3. 从"包子"变成一块"糍糕"

现实的生活，既有阳光道，也有沙尘暴。

"岁月静好，现世安稳"是追求，优雅的狼性是保障，过于淑女和优雅的女人，在中国目前复杂的环境中生存会比较辛苦。

我自己也曾经是个行走的包子，软趴趴没有主心骨，经历多了，就被生活的油历练成了一块有棱有角有硬度，但内心也柔软的糍糕。

占小便宜吃大亏

1. 你是爱“赠品”的姑娘吗

我工作的第一年就很幸运，年底公司超额完成业绩，老板给所有员工除了现金奖励，还有一项特别福利：每人一件男士衬衫，一套女士护肤基础礼盒，都是顶级品牌，分别送给员工和他们的伴侣，单身的送父母。

我是老板秘书，这事由我经办，选定产品按人数开好提货单封好利是包，员工自己去商场提货，省去选尺码和发放的麻烦。

我很快选定了男士衬衫，这是基本款，“顶级品牌”就那几个，挑个认知度和品牌属性与我们所谓智力企业搭调的就好，但是，女士化妆品让我犯了难。

那段时间，我特别喜欢各类“赠品”，商场超市的各种“买二赠一”或者“满399立减199”的促销，我觉得这样买回来的东西更划算，所以，选化妆品时，我遇到了同样的问题：为数不多的几个顶级品牌都没有赠品，或者赠品少得可怜，因为贵嘛；但是比它们低一个水准的品牌年底买赠力度都很大，几乎送了全套小样，出差用很方便，而我们的女员工经常出差。

我打算选一个略弱的品牌。

我在汇报另外一项工作时顺口把这个福利执行方案告诉我老板，他考虑了几秒钟，问：以我的了解，你选择的这个不是化妆品中的顶级品牌，可我的要求是“顶级”，为什么？

我说明了赠品和出差便携的理由，他沉默了一会儿，又继续说：

请你听听我的逻辑。

我并不是非“名牌”不用的人，但是这次要求“顶级”品牌的原因是希望提升员工体验，虽然他们都有不错的收入，可不是每个人都愿意花钱买品牌与服务，于是，公司在年底提供给大家一次或许平时舍不得的机会，我相信一个人虽然不需要处处奢侈，但他用过的好东西见过的场景会潜移默化融入他的气质，他会有自豪感，自豪感对一个企业很重要，尤其今年我们大比例超额完成业绩。

而你是怎么差点把这件事搞砸的呢？

用你局限的“赠品”意识。

很多女性都不自觉地有这种想法，比如，两件产品中选赠品多的，可是那件产品才是你真正的需要，“赠品”不过是附加值，根据“赠品”选“产品”和捡芝麻丢西瓜有什么区别？两份工作中选离家近的，可工作的核心是成长和发展，距离远近是最关键的因素吗？两件衣服里挑便宜的，可衣服最重要不是穿了好看吗，为什么要放弃这个焦点呢？

商业的基本规律是盈利，省钱的事情一定多花时间或者降低品质，极少有便宜占全的事，大多数女人的选择障碍症来自看重细节不重主流，细节很多，主流却只有一个。

你记住，生意、生活、生命，永远是抓大放小。

贪小便宜，从来都不是大智慧。

后来，我们选了“顶级品牌”给男女员工，没有人因为赠品少怪我，大家都觉得东西好最重要。

但是，我很感谢老板给我传递了“非赠品”的价值观，在未来的生活中，我尽量控制自己的“赠品”意识，去选我真正需要的东西，去做真正为我带来价值的事情，抓主要矛盾，不在“赠品”上浪费时间，不为无用的问题纠结。

2. 结婚时优选男人最重要的品性

刚工作那会儿，我喜欢帅哥，最好还有点能力和钱，可以不要过得很辛苦。

一天午间休息，女员工闲聊结婚时男人什么品性最重要，我的男老板正好走出来，悄悄听了一会儿讨论，突然说：

我是男人，我觉得爱情和婚姻里男人最基础的品质是人好，可是，太多的女人放弃了这个“重要”，去追求其他的“次要”，比如：所谓的“能力”，很多女人眼里男人的“能力”等同于挣钱能力；有没有房和车；是不是凤凰男；长得帅不帅。

实际上，“人好”是“1”，其他项目是“0”，别的再好，品性不好，一切归0。就像挣钱能力，有些男人确实能挣钱，可是他未必愿意把钱分享给女人花呀，甚至，由于能力强，他有各种各样的方式不让你知道他究竟挣多少钱。

还有“帅”，帅而不坏是偶像，又帅又坏你们叫人家渣男，真遇上，几个女人能摆得平。

品行好的男人未必大富大贵，但他一辈子都不忍心伤害你，他有多少都愿意分享给你，你和他在一起安心。

爱情是动心，但婚姻是动心之后的安心。

你们说，女人是不是该把男人的“品性”放在第一位呢？

他狂吸了一通粉，留下一个很酷的背影。

而我真正理解男人“品行好”的重要是在30岁左右，经历了一些美满与伤害，希望与破灭，揪心的爱与锥心的痛，我越来越认同“动心”之后的“安心”，犹如最初我们渴望的是“不凡”，最终却不得不承认自己的“平凡”。

3. 女人有多少大智慧

在《美女都是狠角色》那本书里，我写过一段话：

> 我欣赏这么一类女人，当生活需要她们付出代价的时候，哪怕是非常高昂的成本，也不皱眉头，不缩头不叹气不算计，坦然支付。她们清楚有些事情的成本非常昂贵，而纠结是最没用的；她们明白青春、多情和美丽不会永驻，不去无谓地伤春悲秋，有能力维持想要的生活，也不排斥别人的帮助，她们豁达和自如的底气是：

首先，足够自立；其次，足够有钱；然后，足够自知。

生活不是赠品，它是主流，最划算的从来不是那些细枝末节，而是亲情、职业、爱情、友情中真正的大目标，到达这些目标会经历很多选择和辛苦，不要被枝枝桠桠迷了眼，不要被不重要的杂音干扰，小便宜不值得占。

有所得，往往是建立在选择正确的基础上，选了西瓜丢掉芝麻。

能抓大放小，愿赌服输，翻盘重来，是女人的大智慧。

既稳定又挣钱还不累的工作在哪儿

1. 富裕的状态不止于金钱

去年，朋友约我主持一次音乐会，音乐家的母语是西班牙语——我完全不懂西班牙语，我懂的语言特别少，仅限流利的普通话和够自己吃喝拉撒用的英语，连方言都不会。

于是，我认识了主办方约请的西班牙语翻译M姑娘。

这场音乐会有三个人登台，音乐家、M和我，M负责翻译音乐家的发言给现场观众，以及我的表述给音乐家，我正常主持并且在活动中途对音乐家有一个简短的舞台访谈，晚会流程很简约，台上有提词器，这是一次难度不大并且很轻松的晚会，我这个角色存在的形式感大于实用性，我怀疑自己出现在台上根本就是朋友的偏爱。

可是，我小看了M。

她从主办方拿到我的联系方式，提前十五天就开始沟通，包括音乐家的背景资料、流程的每个环节、我访谈的问题、演奏的每支曲目以及它们背后的故事，甚至，还包括我当天的服饰——颜色？样式？发型？鞋子的款型和颜色？M的专业和认真远远超越这次活动的需要，我心里不由多上了几根弦。

我按照她的建议，提前一天到达，见到了M，一个特别娇小的圆脸姑娘，职业态度却非常成熟，我们再次核对了所有流程，一起到现场走了两次台，她得意地向我展示暗宝蓝色的小礼服，为了和我的深酒红色搭配，真是个优质的小心机女，我喜欢。

演出开始，我们艳光四射地站上舞台，然后，提词器艳光四射地坏了。

我僵在台上，没有手卡，面对现场一千五百名观众，听到两个人在我身边用陌生的语言叽里咕噜完全抓不到点，我和M之间隔着音乐家无法对话，我瞬间傻眼，既不敢脱稿，怕提词器万一好了对不上我们的节奏，更不敢停住不动，我调出脑子里所有的过场话，用眼神找M要答案。

她脸上的表情纹丝不乱，放下话筒侧脸对我说：按照彩排的内容进行，我会在翻译里用关键词提醒你流程。

天，幸亏我们提前熟悉过流程。

再然后，我化懵逼为动力，在M引导下顺利地结束工作。

擦擦汗。

我对朋友大赞M：难道每个翻译都得像M这么牛?

朋友笑起来：怎么可能？她是金字塔尖的西班牙语翻译，应变能力远远超过“翻译”的要求，在圈子里太抢手了，活动只要有她在，主办方不要太省心。

你怎么把她请到的?

提前预约，再付金字塔尖的酬劳啊，人家值。

我和M从来没有交流过收入问题，但一个女人富裕的状态能从每个细节里透露：物质从容，时间高效，心理健康。即便你不知道她的工资单或者身价表上有多少个“0”，从她日常的形态举止也可以看出来：这是个宽裕的女人，经济丰厚，精神丰满。

她常年出差，从微信里工作地点的变化能看出她的辛苦，但是，她的照片甚至文字里都是笑嘻嘻的。有一次，我问她出差累不累，她打了个大大的笑脸说：已经这么累了就要高兴点。我又问她天天飞怎么能找到男朋友，她说：站着不动也不一定能找到啊，瞎担心什么。我最后问：你们有职业瓶颈吗？她说：什么职业没有瓶颈，遇上再解决呗。

心够宽。

2. 挣钱、稳定、不累，能兼得吗？

很多人问过我，女人做什么职业既稳定又挣钱最好还不累，老实说，我见过稳定的，也见过挣钱的，还见过不累的，但是，三个条件同时满足，呃，让我再想一会儿。

什么是稳定？在报社当记者稳定吧？对，我原来就是，我连自己的退休生活都规划好了，每天拎着饭盒到食堂打饭顺便逗逗孙子，可是，在新媒体时代，所有记者都得转型，我只好当了作家。

什么是挣钱？你觉得作家能挣到钱吗？我爸有一次替我拿邮政稿费，兴冲冲地说：你们稿费真高啊！我一看，那是邮政编码，顺手指了一下：这才是稿费。他不吱声了：一百二十元。是的，在中国，如果不是畅销书作者，收入远远不够维持生计，更过不上《欲望都市》里凯莉那样纸醉金迷的生活。

什么是不累？你猜作家累不累？想象中作家这种文艺的职业是有了灵感奋笔疾书，平时神游四方攒感觉吧？实际上，我每天手机、电脑、图书多屏阅读，日均看三万字，写两千字 —— 还未必用得上。

一份既稳定又挣钱还不累的工作，和一个英俊多金还永远爱你的男人一样，太难了，你或者有足够的本钱hold住这份差事，或者舍弃次要选项，抓住你最在意的关键实质：究竟是挣钱，稳定，还是不累。

3. 什么都想要，往往什么也得不到

我的一位读者特别喜欢做早饭，家里人都觉得早饭能做出什么花样？可是她三百六十五天每天早餐不重样，每天拍美照PO在微博和公众号里，很快成了早餐领域的达人。然后她又开发自己的手作酱料，上线以后销量相当不错，已经有工厂联系合作规模化生产。

于是，她放弃了原来公务员的职业。

我经常吃小龙虾的餐馆，和老板称兄道弟的交情也只能把我的虾子提前烧，老板拽得像重点小学校长，正在全家学英语谋划到澳洲开分店。

可是，最忙的时候连他家二少爷都在跑堂。

我特别要好的女朋友是特级语文老师，各种私立学校高薪聘请她，但是，她非常享受在公立学校代课执教这种规律稳定寒暑假有保障的生活。

于是，她放弃了看得见的收益。

一份工作解决不了所有生计。

一个男人负担不了所有生活。

一项选择满足不了所有期望。

一个行业，只要你有本事做到金字塔上层，未必是像翻译M那样最顶尖的几个，都能挣到钱，只是绝大多数人并没有那个耐心和规划。

一种职业，只要你能见招拆招以变应变，都是稳定，只是很多人误以为所谓的稳定就是一份工作做到老，可是，五十年前的世界500强80%已经不在今天的榜单上，过去企业的竞争力能维持三十年，现在已经降到五年，这样算起来，多少职业是稳定的呢?

一份工作，如果你不在意报酬，只希望轻松愉快，在和平年代大多可以满足朴素的生活需求，可是，姑娘们又看上了别人的包。

工作不比男人好找，唯一的不同是，你在职业中投入的精力和价值会吸附在你自己身上，为你增值保值，而你在男人身上的投入很有可能会打水漂，毕竟，在遇见王子之前，大多数姑娘都要先亲几只青蛙。

职场和爱情很大的共性是：什么都想要的人，可能什么都得不到。

究竟什么职业既稳定又挣钱还不累呢?

假如生活不能让你满意，你也并不想做出什么改变，至少可以调整到让自己满意的标准。

你是挣钱的姑娘，还是值钱的姑娘

有两个选择摆在你面前：

A：一份薪水丰富的基础工作，钱多事少离家近，也没什么挑战，工作内容简单重复。怎么有这样的好事？因为你年轻漂亮啊，并且，这是一个现在挺红的行业哦。

B：一个前景不错的学习机会，需要你花大力气提升，眼下收益一般，很可能是未来的风向——但也很难说，风向与未来这两个东西组合在一起变数很大。

三年为期，你会选哪个呢？

好吧，暂时不做这么纠结的选择题，先讲个故事。

大概八十年前，两个女人也面临了类似的选择，她们一个叫胡蝶，一个叫阮玲玉，都是当年最火的女明星。

胡蝶当时是邵逸夫哥哥邵醉翁创办的天一影视公司当家花旦，天一是当时最大的影视公司，但胡蝶觉得，“天一太过于从生意眼光出发，影片的娱乐功能多于艺术性，而且大多都在宣扬旧道德，不符合时尚潮流，即便目前拥有一定观众，但不能带给观众回味的印象。”

那时，作为天一公司长期签约的演员，她薪酬丰厚，每个月至少有七十银元的固定工资，即便什么都不做，一个月也能买四百九十斤猪肉。她主演的《白蛇传》、《孟姜女》之类古装电影虽然艺术价值欠奉，但每一部都票房不俗，片酬高昂，如果转型，既是风险也是损失。

但是，她坚持寻找突破的空间。

胡蝶非常有语言天赋，会说流利的粤语、闽南话、上海话，而当时的电影演员以广东人居多，比如张织云、杨耐梅、阮玲玉等，所以，当电影从默片进入有声片的时候，明星们必须勤学国语，谁学得快学得好，就意味着拥有更多的市场机会和观众基础——就像现在的英语，要走向国际影坛，只会微笑蹭红毯可不行。胡蝶幼年曾随父亲奔波在京奉线上，她姥姥是个北京旗人，多年来一直跟她同住，条件得天独厚，可是，为了精进，她依旧专程到北京拜梅兰芳为师学习普通话。

1931年，胡蝶主演了电影《歌女红牡丹》，是中国第一部蜡盘发音的故事片，她立刻成为“中国电影首位发声者”，获得电影史上不可取代的地位，而这些，除了知名度和影响力，与她下了苦功无人能比的语言优势有关。《歌女红牡丹》红极一时，由明星电影公司和百代唱片公司合作录制，从这部电影开始，她离开老东家天一公司，戏路宽了很多。

除此之外，胡蝶系统学习过影剧概论、电影行政、西洋近代戏剧史和导演、化妆、舞蹈等十几门课，还有骑马、开车之类技能，所以，她的角色跨度很大，从卖糖果的小姑娘，到风尘女子、优渥少妇、反串男角都能从容驾驭，甚至52岁时还获得亚洲电影节最佳女主角。

这些看似折腾的努力，使她在“电影皇后”评选活动中以21334票的最高票数当选。

阮玲玉是当时唯一能够和胡蝶比肩的电影演员，胡蝶自己都承认：“论演技，我是不如阿阮的。”

可是，阿阮付不出她那份功夫。

因为拖着沉重的家庭负担，母亲年迈，初恋男友张达民嗜赌，她疲于奔命地挣钱。好不容易摆脱张达民之后，她和“茶叶大王”唐季珊恋爱，在爱情的幸福中不可自拔，每晚去最高级的舞厅跳舞，收到富豪一栋三层楼的洋房礼物，一切都特别像一个女明星的生活，嫁入豪门似乎是最短的路径。

可是，这段路却走得特别漫长。

富豪往往不会只有一个女人，花花公子唐季珊很快辜负她，前男友张达民持续勒索，她的演艺事业也受到严重挑战，天生丽质一口标准普通话的陈燕燕成为她重要竞争对手，她却依然是小报八卦版常客。

在明星这个行业，漂亮姑娘就像一波又一波的浪花，前浪未必死在沙滩上，后浪就已经风起云涌，在距离25岁生日还有十八天的时候，她对爱情与人生双重绝望，吞下安眠药，在唐季珊送给她的洋房二楼自杀去世。

胡蝶和阮玲玉，代表了两类完全不同的女人。

胡蝶是“值钱”的女人，阮玲玉是“挣钱”的女人。

胡蝶愿意投资自己，她的投资并不是买几个名牌包、鞋、衣服，打扮得光彩照人，而是舍得花时间、精力学习本事，真正让自己增值。

阮玲玉热衷挣快钱，用自己的年轻、美貌、天分、身体去兑换真金白银，可是，如果只出不进，再丰厚的物质也有耗尽的一天，很年轻的时候就已经失去太多机会。

我们在道路上行走，看到的只是自己眼前百把米的路面、别人的脚后跟，以及不远处若隐若现的商店；我们在20楼的家里，入眼的是不近不远的雾霾，时隐时现的蓝天，熙熙攘攘的街道，和芸芸众生的头顶；我们靠在飞机的舷窗边，飞到云层之上，眼前绝大多数时候都是蓝天丽日，原来“不畏浮云遮望眼，只缘身在最高层”就是这样的景象。

高度决定了一个人的眼界，和最终能够达到的位置。

增值让一个女人“值钱”，“值钱”之后再去“挣钱”，要容易得多，即便在增值的过程中付出了巨大的代价，迟早有一天你会发现这些所谓的“代价”不过是“零存整取”，存一个现在，收获几份未来。

而“挣钱”这个行为，几乎贯穿女人的大半生，除非你很早就幸运地实现了财务自由，可是，想学习新本事的精力、体力和动力，或许只存在于一生中的某些特定时刻，对于绝大多数女人，错过这些时候，今后可能再也没有机会：日益繁忙的工作，干柴烈火的恋爱，风调雨顺的婚姻，嗷嗷待哺的孩子，日渐抬高的发际线和降低的精力，都不再支持你那颗好学的心。

所以，在有条件让自己更“值钱”的时候，不要因为贪图安逸而放弃，少走的路以后会变成多吃的亏。

娜塔莉·波特曼13岁出演《这个杀手不太冷》时大红，完全可以拍广告挣快钱，但这姑娘一直没有中断学习，对电影的选择也非常慎重，她甚至推掉了《洛丽塔》和《罗密欧与朱丽叶》的片约去参演舞台剧《安妮日记》，因为这是从未有过的经历，对演技有更深刻的磨炼。

2003年，她取得哈佛心理学学士学位；2004年，她在希伯来大学继续研究生课程；2006年3月，她以客座讲师身份在哥伦比亚大学讲授恐怖主义与反恐怖主义的课程，还引用了自己主演的电影《V字仇杀队》中的内容；2008年5月，未满27岁的她受邀成为戛纳电影节评委，同年9月，她带着她的导演处女作、21分钟短片《前夕》参加威尼斯电影节展映，还是这一年，她获得TC Candler评选的全球最美脸蛋第一名。

与她同时代的很多童星，都是高开低走，红了之后肆意挥霍得来容易的金钱和时光，成年后依旧能被人记住的，寥寥无几。

在绝大多数人眼里，“女演员”都是最靠脸和青春吃饭、最不需要充电的职业，可是，依旧有“挣钱”和“值钱”的差别。

故事讲完了，回到我们开头的问题，A和B，你愿意选哪一个呢?

可以努力生活，但请别满身戾气

1. 梦想和梦有什么区别

微博里有位不认识的女孩发私信，问：你能买得起任何自己想要的东西吗？

我说：能。

她说：你真有钱。

我说：不是我有钱，而是我有自知之明，不再总想要自己买不起的东西，去奢望跳起来都完不成的愿望，我明白能得到什么，该放弃什么，知道有些风景注定不属于我，所以，不给自己找麻烦和遗憾。

她说：这么轻易就放弃，你难道没有梦想？

我想了想，说：曾经有位朋友用听起来有点刻薄的语言形容过梦想和梦的区别——使出吃奶的劲去坚持之后能得到的，都是梦想；使出吃屎的劲去争取之后也得不到的，都是梦。我当时觉得他好粗鄙，但是，往后越来越明白，这很真实。

然后，她连发了几个问号，追问：不是要坚持吗？不是要努力吗？不是要用尽全力追逐梦想吗？

我看着手机上一连串的问句，犹如对着一张用力的脸，以及努力而不得的焦虑、恐惧和穷追猛打，说实话，我特别懂，不仅因为自己也曾经历，更由于周围太多人教育我们去发奋和追寻，可是，再努力也别忘记，世界上终究还有另外一种存在——无论如何争取都得不到的东西。

2. 有些人注定不爱你

梁启超第一次见到何惠珍，她刚刚20岁，父亲据说是檀香山华侨首富，女孩中文和英语都好，还有一颗热辣而崇拜的心，她主动在饭局上担任梁启超的翻译，落落大方，准确贴切，让不懂英语的他瞬间跨越语言障碍，谈天说地海阔天空。

两人一见如故，依依不舍，临别时何惠珍主动伸出手和梁启超握别：我万分敬爱梁先生，今日得见，十分荣幸，倘若能得先生一张照片作为纪念，我亦心满意足。

17岁就订婚的梁启超可能从未有过这样的经历，几天后，他送给何惠珍一张照片，何惠珍回赠一把小扇，从此兄妹相称。

异乡的孤独和思想的共通很快让两人的感情超越“兄妹”，梁启超曾在日记里说自己“愈益思念惠珍，终久不能寐，心头小鹿，忽上忽落，自顾生平二十八年，未有如此可笑之事者”。

他已经有妻子，却第一次动了纳妾的念头，何惠珍也并不计较名分，梁启超自信满满地写信回家，以为一向贤惠的妻子李蕙仙会应允。怎么可能呢？几个女人甘愿和别人分享丈夫？或者不得已，或者不在乎，李蕙仙两条都不占——她是京兆府尹的女儿，礼部尚书的堂妹，娘家对梁启超有知遇之恩；同时，她善于持家，义气能干，在婆家地位卓著，用不着勉强自己接受任何不喜欢的局面，所以，她不留余地地拒绝了梁启超。

所以，梁启超和何惠珍注定无法在一起。

怎么办呢？

为了爱情和全世界决裂吗？梁启超不是徐志摩，除了爱情和诗意他更心有家国；何惠珍也不是陆小曼，她也有自己喜欢的女子教育事业。两人发乎情止乎礼，梁启超甚至将何惠珍送的折扇转交妻子李蕙仙保存，半年后，他回国，这段感情告一段落。

并非不思念。

与何惠珍的相遇相知是梁启超前所未有的感情经历，她的仗义、修养、风度以及20岁的青春气息都让他难忘，他写过不少诗表达对她的思念和无奈：

人天去住两无期，啼决年芳每自疑；
多少壮怀都未了，又添遗恨到峨眉。

并非不想见。

梁启超出任袁世凯政府司法总长时，何惠珍从檀香山来北京，但他只在总长的客厅里招待，礼貌而克制，她也端起距离，悻悻而返；李蕙仙病逝后，何惠珍再次赶来，梁启超依旧有礼有节，唯独没有亲密，何惠珍的表姐夫、《京报》编辑梁秋水先生责备他，怎么能“连一顿饭也不留她吃”？我没有查到梁启超的回复。或许人生已至秋暮，见了又怎样，吃顿饭又怎样，人生自有轨迹，有些错过，一次就是永远。

不管是不想爱，还是不能爱，本质上都是不够爱。

很多自己无法决断的感情，形势已经迫使你做了最佳选择，且将旧时意，怜取眼前人，身边的才是最好的，够得着的才是正确的。

爱情少几分强求，心底会少几分爱而不得的戾气，生活也多几分顺遂。

3. 有些风景注定不属于你

多年前我去铁力士山，出发前导游问大家是否有高山反应，其实我有一点，但我觉得山峰海拔不到四千米，还有缆车，所以偷偷跟着去了。

缆车上升的过程，我已经觉得越来越不舒服，在山顶待了五分钟，我头晕恶心，但不想打扰周围人欣赏风景的心情，尽力忍住。身边不时传来各种惊叹，为了一朵壮观的云，或者一座泼墨画般的山峰，但我丝毫体察不到这些美，我闭着眼睛脸色苍白呼吸困难直想吐，最终，大家为了迁就我，只好全部提前下山。

到达山脚呼吸到浓郁的空气，幸福感扑面而来，此刻任何美景，都不如舒适重要。

导游笑着说：你这种“低海拔”体质以后不要挑战“高海拔”风景，湖区和平原一样很美，人一辈子不可能看全所有风景，有些美景注定不属于你。

我心里一动。

有多少痛苦来自我们用“低海拔”的体质挑战了“高海拔”的风景？一个买不起的东西，一个爱而不得的人，一件总也做不好的事，它们都是高海拔的“铁力士山”，并非人人可有，如果我们没有体力，还有严重的高山反应，就注定得不到。得不到怎么办？越挫越勇，反复强求吗？在强求的过程中把自己过得神经紧绷草木皆兵？

用不着。

我见过很多“过度用力”的女孩，包括曾经的我自己，我们活得铁骨铮铮咬牙切齿，身上有种“每一根钉子都是自己挣来的”努力，我们心里有好多的委屈，觉得我都那么努力了为什么还是得不到，做不好，买不起，爱不成？就像受多了来自这个世界的伤害，外界一丁点风吹草动就要防卫过当似的。

我们的心里，充满了努力而不得的戾气。

4. 懂放弃和会坚持同样重要

戾气太多会驱散生活的和气。

用你最舒服的方式，一点点接近目标；真做不到，也懂得调整方向。

承认并且接纳得不到，放弃无用功，把手中的牌打得舒服，而不是只注重输赢，也是生活的必修课。

抛开戾气，和和气气地生活，普普通通的日子尽管给不了轰轰烈烈的答案，但是，时光自有积少成多的力量，在某个转角给出惊喜。

那时，你再也不会为买不起的东西、得不到的人、做不成的事懊丧不已，你想要的，已经尽数握在手里。

既nice,也耐撕

了解我的人都知道，我是一个非常好说话的有原则的人——其实这两者并不矛盾，原则之内，都Yes；原则之外，都No。我不担心答应得太干脆让对方觉得某件工作价值感低，也不顾虑拒绝得太直接让对方面子难堪，因此，我省掉了很多纠结的时间，用来做我喜欢的事情。

既nice，也耐撕，在我看来是一个女人特别好的心态，因此，我感谢让我养成这种心态的女人。

遇到她时，我大学毕业不到一年，她是个38岁的女高管，我们新人入职时都听说过她光辉的业绩，所以，自动把她归入春三十娘那种“桃花过处片甲不留”的女人，还得在“女人”两个字的前头，略有恶意地加上个“老”字——当年，我只有22岁，觉得30岁就老到不行。

“春三十娘”做事干净利落，很少有寒暄、客套和废话，行为风格确实很像男人，但是外表却女性化极了，她常年的大波浪卷发打理得一丝不苟，每天的服装精心搭配，细节处见用心，她有各种颜色的口红，每天根据衣服颜色调配口红颜色，我觉得把她一个月口红的颜色记录下来，就是化妆专柜BA手里完整的唇膏色卡。

总之，她是一个干练、得体，却让人略有距离的女人。

有一天午休，大家正在办公室看八卦混论坛，突然女同事Lily从门外嚎哭着进来，我们全傻了，冷场了至少一分钟才有人走到她座位上问怎么了，我这样的职场小朋友只能干愣着，眼看人群慢慢把Lily团团围住嘘寒问暖，才觉得自己在关键时刻为了表达对同事的关切绝对不能缺席，赶紧蹩过去，僵硬地站进女人的队伍。

Lily泣不成声，从眼泪和鼻涕里嘟囔，说中午回家拿东西，敲了半天门不开，好不容易开了，老公和另外一个女人正坐在客厅里严肃地谈理想，那女人还跟她握握手，邀请她加入，太过分了。

大家终于找到了话题，边递纸巾边愤怒谴责那对不轨的男女，言来语往像一出情景剧，这时，“春三十娘”从开着门的办公室走出来——她的办公室是大厅里的单间。

群众默默闪开，就像电影里的配角为主角让道。

“春三十娘”递给Lily纸巾，然后把她叫到办公室。

十五分钟后，Lily相对平静地走出来。

神奇的是，第二天中午，办公室所有人都收到Lily一条短信：亲爱的伙伴们，抱歉昨天用私事干扰了大家，我和老公良好沟通，问题已经解决，谢谢关注。

其实，群众最好奇的是“春三十娘”到底跟她说了什么，可是，她却再也不提这件事。

那时的我，作为一名新人特别希望获得周围认同，成为全公司口碑最nice的小姑娘，所以，每次出差我会给每一个人带手信，平时工作尽量让所有人满意，多干点打字复印端茶倒水的活儿，虽然这让我非常辛苦，承担了很多职责之外的工作，直到有一天我到“春三十娘”办公室送手信被她叫住。

她拿着小礼物认真问我：“你准备这些东西要花多少时间多少钱？”

我一愣，难道她觉得我行贿？赶紧解释：“不要多久，也不值钱，只是希望大家高兴，关系融洽更好开展工作。”

她犹豫了一下，还是很直接地说：“我希望你把更多精力放在工作上，你在公司的主要职责不是交朋友讨人喜欢，而是用业绩说话，仅仅人nice没有太大意义。”

我觉得很尴尬。

她用非常轻柔的口气接着说：

“不要花太多时间和精力去讨别人喜欢，别人对你没好感可能有三个原因——

“第一，你确实有一些不讨人喜欢的习惯，这个你可以在自省后修正。

“第二，你不符合对方的价值观，这个你可能改不了，因为世界上有无数‘别人’，每个‘别人’都有自己的价值观，你讨好不过来，所以，可以放弃——除非那个人重要到你愿意主动为ta改变。

“第三，很多人不愿意启齿的是，不喜欢你是因为你得到了‘别人’没有得到的东西，小到一个停车位、一件好看的衣服、店里最后一个菠萝包，大到一个升职的机会、一笔财富、一桩幸福的婚姻。

“如果你明白这几点，就不会只想去做一个nice的女孩，而是建立自己的边界和原则，即便这样会让一些‘别人’不爽，但是你可以丢掉很多负担，走得更快。”

她从抽屉里拿出一个很漂亮的笔记本，微笑着递给我：“这是我的回礼哈，把你每天最重要的事情记在上面，学会接纳，同样学会拒绝，你才不至于被缠绕在琐事堆里。”

我觉得她那天非常nice，有点倚小卖小地问：“大家都很好奇你对Lily说了些什么？”

她睁大眼睛挺可爱地说：“你们以为我跟她说了什么？去，回家和那个女人打一架，抓她头发撕她脸？还是像两个八婆一样抱头痛哭骂男人？我就对她说了两点：第一，女人不要把私事带到办公室，于私被人轻看，于公影响工作；第二，回家和老公认真谈谈，别流着眼泪歇斯底里地说话，而是像个成年女人那样，平静地，为了解决问题去沟通，越平静的女人越有力量，让他明白你的底线和感受，除了nice、眼泪和情绪，女人还要学会抗击打能力。”

现在想起来，这些话同样让我受益。

至少，在漫长的职场中，我是一个情绪稳定的成年女人，对待别人的认同，我发自内心地感谢，但不会受宠若惊到手足无措；对待别人的否定，我客观反省，但绝不会停止自己的思考和探索，我很清楚别人走不好我的路，也过不好我的日子，我所有的决定受益人和责任人都是自己，所以，“别人”的评价不足以左右我自己的决定，甚至，我丝毫不怕直接拒绝我做不到的事情——建立自己的边界和原则，别人才会尊重你的底线和准则，反对和拒绝并不需要声嘶力竭剑拔弩张，只需要表达出nice背后的耐撕。

就像“春三十娘”说的，越平静的女人抗击打能力越强。

世界的确会为微笑让路，但它不会为没有原则的傻笑让路。

所以，最终我们都将学会对别人恰如其分地微笑，保持恰当的距离，成为一个既很nice，又很耐撕的女人。

扫一扫，收听有声版

3.

爱情没有对错，只有取舍

爱情本身，可以是解药，也可以是毒药。

甲之蜜糖，乙之砒霜。

曾经那些所谓的错误，不是不对，只是不合适，

而我们错把磨炼当成了折磨。

不要和让你变丑的男人在一起

1. 爱情不能让你变丑

看到S的第一眼，我只觉得她过得不好。

S是我的女朋友，几年前在一次公关活动中认识，同样的狮子座让我们一见如故，那时，她是个神采飞扬的女孩，长了一双星星眼，说起任何事情都兴趣十足绘声绘色，还是个高颜值段子手，经常把周围人逗得哈哈大笑。

她喜欢好看的东西，用的每一件小物品都很有心思，比如，她特别定制的手机壳，图案是夏加尔的代表作《生日》，这也是我很喜欢的一幅画，画面是新婚的夏加尔生日那天，妻子贝拉拿着鲜花步履轻盈地走进画室，他兴奋地跳起来，飞到半空中转过头吻她，充满奇幻、幽默和幸福，就像当时的S。

可是，现在我眼前的S呢？不能说她不好看，就是没精打采，因为整体气质暗淡无光，原本立体的五官和精致服饰都不再光彩照人。

我们火象星座一向开门见山，我问她是不是发生了什么事。

她懒洋洋地笑笑：没别的事，就是恋爱了。

一段恋爱能让一个女人变丑，也真是神奇。

我听S继续说：

我和他相亲认识，他智商很高工作优渥，可能因为太聪明，看其他人都有点傻，尤其是我。他经常说我笨，我看的电影很无趣，我穿的裙子太短，我买的手机壳无厘头，我喜欢的书一点用都没有，我的朋友不够有上进心，我停的车位总是离出口最远，我永远搞不清遥控器的按键究竟有什么用。

如果爱是打击，他对我确实够爱的。

S说完，自嘲地笑笑。

有一类男人以打击女朋友或者老婆为乐趣，是天生的爱情和婚姻“差评师”，S遇到的，可能恰好是这种。

我没说话，默默地拍拍S的手。

对的爱情会让人变好。

但我知道，很多女人宁愿在一场不怎么样的爱情或者婚姻里扑腾，也不愿意重新开始，因为害怕下一个更不好。

所以，成年人一般不评价别人的爱情和婚姻，只是礼貌地听，并且客气地笑。

那天，是我和S认识以来话最少的一次见面。

2. 爱情不能让你变差

被爱情变丑的，还有很多女人，比如文艺女青年的心头爱萧红。

萧红文学才华出众，感情却屡战屡败，她和萧军的爱情最终成为一场消耗战。

著名诗人胡风的妻子梅志，当年和萧红走得很近，亲眼看到她在爱情里越过越差的状态，梅志在《爱的伤害——忆萧红》中写了萧红和萧军的很多生活细节。

有一次，朋友聚会时萧红的左眼青紫了一大块，大家关心地问她怎么回事，萧红说：没什么，自己不好，碰到了硬东西上。身边人都叮嘱她小心，可一旁的萧军忍不住了，他表现出男人一人做事一人当的气派，说： 干吗要替我隐瞒，是我打的。

萧红淡淡地笑笑：别听他的，不是他故意打的，他喝醉了酒，我在劝他，他一举手把我一推，就打到眼睛上了。同时，她还细声地解释：他喝多了酒要发病的。

但是萧军不领情，他咆哮着说：不要为我辩护，我喝我的酒。

这一段叙述，看得人心里很苦。

真正爱你的男人，不会对你动粗，更不会对你动手。

萧红欣赏史沫特莱《大地的女儿》，史沫特莱是唯一一个全程报道了西安事变的西方记者，也是萧红非常要好的朋友，甚至，是她唯一的一位外国女朋友，给过她很多实实在在的关心和帮助。

但是，萧军看不起所有女作家，他取笑挖苦女作家，和萧红争辩把萧红气哭，强硬地说：再骂我揍你。

这一段描写，看得人心里很凉。

真正爱你的男人，不会嘲笑你的趣味，更不会不尊重你的朋友。

苦闷的萧红气色憔悴，脸都像被削尖了似的，脸色也苍白得发青，对人冷淡而心不在焉。

萧军却依旧沉浸在自己的工作中，把打击萧红作为生活中的业余爱好，他经常大嗓门地和她争论，毫不相让，一点没有注意到这个女人外貌和精神上的变化，甚至，主张“爱便爱，不爱便丢开”的萧军四处留情，对着鲜艳的新人抒情：有谁不爱个鸟似的姑娘！有谁忍拒绝少女红唇的苦！

这样的现实，让人心疼。

真正爱你的男人，眼睛里没有太多别人，更不会对你的“变丑”熟视无睹。

只是，生活里一半以上的坑，都是我们自己挖好了，并且心甘情愿地跳进去。

爱情中，甚至80%的坑都是我们亲手挖好了，并且心甘情愿地跳进去——很多女人，明明知道对方不适合，对自己不好，依旧舍不得离开。

闫红曾说，女人更“贪恋泥淖中的温暖”，明知道错误的爱情已经是个泥潭，但是，依旧舍不得泥潭里一点点的暖意，任由自己越陷越深。

最后，爱情就成了灭顶之灾。

3. 爱情不能折断你的翅膀

多少男人，还有女人，打着爱情的旗号让对方过得越来越差——我理解“过得差”并不是经济上的困顿，我看过很多经济条件不富裕的人依旧彼此体贴，生活得容光焕发精气神十足。

我说的差，是一个人整体状态不好，就像S和萧红，精神萎靡，思维萎缩。

爱情一旦自私，会变得杀伤力巨大。

假如你身边的人，他的爱就是习惯性的挖苦和打击，不给予你任何鼓励；就是限制你的活动区域，折断你的翅膀，让他自己变成你的世界的核心，甚至唯一；就是当你跟别人有分歧，无论是你自己的朋友、家人，还是他的亲戚、熟人，他永远不向着你，永远不是你的保护伞。

这个人一定不是真爱你。

和这样的人在一起，你一定会越变越丑。

爱情是加速器，让我们有动力大步往前；不是黏合剂，把我们死死地钉在一个不好的地方动弹不得。

我们花了那么大力气让自己好看，而另一个人轻而易举让我们变丑了，这难道不是我们下定决心离开的原因吗？

女人的一辈子，很多东西都能自己挣——金钱、职业、兴趣，但是，“美丽”却需要环境的养护，需要你自己和爱你的人共同呵护。

距离和S的见面大概四个月，我收到她的微信，她与她优秀的男朋友分手了，她很简短地留言：生活挺长的，我不想让自己一直丑下去。

那些打着爱情旗号的控制、磨损和消耗，我们不要。

愿我们都有从一段不适合的爱情中断舍离的勇气。

扫一扫，收听有声版

对她最有用的三句话

我在现实生活中见过的最丑的男人，娶了一个特别美的女人。

因为数学太烂，我大学里学的是中文，大三参加辩论赛，系里特地请了个辅导老师。老师一亮相，我们都呆了，以今天的眼光看，这不是王宝强和黄渤的综合体吗？而且分别高仿了他们身上最出戏的那一部分。

颜值就是生产力，系领导看出了我们的不待见，微微一笑："S总是我大学同学，企业家，愿意辅导你们全凭着对中国教育事业的满腔热爱，你们要惜福。"我们才知道，"王宝强&黄渤"不是本校老师。

辩论队一共八人，可以组合成两套小组，比赛前三天，我们侦查到了决赛对手的阵容，"王宝强&黄渤"开始根据对手的状况排兵布阵强化集训，除了技能提升，他的战术还有：和对方辩手性别错位——对方一辩是男生，我们就派女生；对方一辩是女生，我们就出男生。其他位置也是这样。

大家都很奇怪，但他只是笑笑。

好在，我们赢了。

庆功宴上，大家第一次见到了他的太太，说下班回家看见他的西装落在家里，担心晚上回去太迟天冷，于是送过来，并且叮嘱他如果喝酒就不要开车。只能说，这是我在现实生活中见过的最好看的女人之一，很像高圆圆，比他高半个头，样貌精美，气质玲珑。

两个人你侬我侬缱绻不已，“王宝强&黄渤”自豪地揽着高圆圆的肩膀介绍：“这是我的太太，我孩子的妈妈，我生活中最重要的女人。”然后，坚持把太太送到车边，关好车门，叮嘱几句，拍拍她放在方向盘上的手，目送她的车远去，才重新入座。

我们沸腾了，男生们狂喊传授经验。

他也不避讳，反问男生们：“你们是好奇我这么丑的男人怎么娶了那么美的女人吧？因为我除了有诚意、爱情和基本生活条件，还会说话啊，我不像其他男人那样老说让女人不高兴的话，我知道什么是她们最爱听的话。”

饭桌一片寂静，小男生们等他放大招：

“记住这三句：‘对不起’‘我在’和‘我爱你’。”

切，这有什么稀奇。

所有小男生都很泄气。

“王宝强&黄渤”笑起来：

“大道至简。

“第一句：对不起。这是女性情绪灭火剂。女人大多是情绪动物，感性强理性弱，她们生气时不要硬碰硬，男人别把自己当成辩论队的，滔滔不绝摆事实讲道理，你当自己是个客户服务人员吧，先安抚情绪，有机会再说明原因，所以‘对不起’这句话最管用。

说完‘对不起’，双方对抗的状态化解了，什么事情解决不了？女人跟你在一起不委屈，心里高兴才能走得长远。

“你们觉得男人说‘对不起’很别扭是吧？你爸批评你的时候不别扭？老师教育你的时候不别扭？以后领导训诲你的时候不别扭？这些你都能接受，对自己喜欢的女人说句‘对不起’有什么难的？

“男人的天地，不是跟女人争高下。

“第二句，我在。这是女性心理支撑器。‘男女平等’是什么意思？不是让女人跟你AA制付账，也不是让女人既会修水表还会换灯泡，男人既是工作狂还是好奶爸，而且男人尊重女人的付出，女人认同男人的贡献，这样才能男女搭配干活不累，知道你‘在’，女人心里会踏实，不然要男人干吗？雌雄同体好了。男人就得在关键的时候‘在’，不然今后也不用‘在’了。

“我有个女儿，我希望今后别人对我女儿好，我怎么能不对别人的女儿好呢？大多数女人不会计较你能做到哪一步，那是能力和条件，但是她们在乎你陪伴的态度。

“第三句，我爱你。这是女性情感催化剂。我以前也不清楚这句话的重要性，直到看了个故事：第一次世界大战时军官给家里拍电报，不小心钱没带够得删除几个字，他请发报员把‘我爱你’三个字删除，觉得这话反正没什么意义。女发报员很认真地说，这钱我帮你付，但是你要记住，在女人眼里，这才是这份电报里最重要的内容。

“既然女人觉得重要，为什么不能让她高兴说一句呢？爱情不是自以为是地对别人好，而是用对方喜欢的方式对她好。

“不然，我这么矮、丑，当年也没有钱，我太太凭什么爱我跟我呢？”

他停顿了一下，接着说：“就好像辩论赛为什么把我们的队伍和对方男女区隔开，因为男人和女人没有可比性，正是由于无法比较，高下区分反而不明显，给了每个性别把优势做到极致的机会，不像同样是男人或者女人，很容易看出ta们谁更优秀——这就是我把你们男女交叉开的原因，男人发挥男人的特长，女人展示女人的优点，本来就是两个物种，想在一起只能用对方听得懂的语言沟通。”

庆功宴吃得男生女生都有收获。

很快，大家就知道“王宝强&黄渤”来指导辩论赛，并不仅仅出于对教育事业的热爱，比赛结束后，他带了两名辩手到公司实习，毕业后他俩留在了那儿。

真正聪明的男人，对事业和爱情都有自己独到的理解，不会犯拧巴，他们明白并不是对女人摆脸就是自己长脸，和女人死磕就是能力强，直男癌未必有面子，最重要，他们清楚用女人认同的方式对她们好。

所有命运赠送的礼物，都暗中标着价格

Y曾经是我认识的女人中公认嫁得特别好的一个。

她是室内设计师，丈夫是在装修房子的过程中认识的成功企业家，比她大十二岁，在别墅从设计到布置的漫长过程中，爱情自然而然滋生，当最后一幅装饰画准确无误地挂上墙壁的时候，Y搬进了自己亲手装饰的豪宅，辞去工作，成为让人羡慕的女主人。

很多人认为她嫁得好主要有四个原因:

第一，霸道总裁看上去很宠爱美貌小娇妻。

第二，男方经济条件优异，夫妻财貌双全。

第三，大十二岁的男人成熟稳重，女性的年龄与生育优势更加凸显。

第四，难得高龄男人还是独生子，家庭关系简单。

但是，当Y生了女儿我们集体去豪宅道喜的时候，却发现果然每个人的生活都是一袭有破洞的袍子，不是别人的袍子光鲜体面，而是我们自己没有机会看到上面的破洞。

利落的保姆打开大门，我们却不知道往哪儿下脚，地板上到处扔着不知名的植物叶子，保姆解释，这是一种草药，辟邪用。顿时，我们感受到了“豪宅”的规矩，肃然起敬，换上一次性拖鞋入内。

Y坐在卧室床沿，襁褓中的女儿躺在大床边挂着长长帷幔的精致的小床里，见我们进来，Y高兴地起身迎接。

同行的女孩大喇喇说：“热死了，你房间这么热不开空调？”

话音刚落，从隔壁房间走出一位老人，眼皮上贴着一片小小的红纸，Y赶紧介绍这是自己的婆婆，老人矜持地点头后开口：“家里不要用‘死’这样的词，不吉利；另外，按照老规矩，坐月子就是不能见风。”

Y脸色骤然一变，说话的女孩也尴尬收声，大家拘束地围在孩子小床边，迟疑着怎样继续话题。

我小声问Y：“老人眼睛上的红纸有什么讲究吗？早点给大家科普规矩以免说错话。”

Y答：“左眼跳财右眼跳灾，婆婆今天右眼跳，红纸是镇灾的。”

同去的女孩压低声音问：“宝宝床上的树枝是什么？”

Y答：“辟邪的桃枝，一共七根，另外，孩子回家脖子上挂块老玉，小手戴金镯，腰里扎红线，取‘金玉满堂鸿运大开’的意思。”

不能否认，这些习俗每一个都充满美好寓意，只不过，我很担心Y这样无神论家庭长大的女孩和她的家人能否接受，这不仅是生活方式的差异，更是人生观世界观的不同。

我见床头放着一本松田道雄的《育儿百科》，拿起来边翻边提醒Y：“这本书挺好，特别适合……”

话音未落，书里夹着的一张红纸飘落，Y急忙弯腰捡起，勉强微笑：“这是请来的吉祥符。”

大家沉默，Y也沉默，之后，匆匆放下贺仪。

Y送客到门口，眼神不舍，欲说还休，只是紧紧握了握我的手。

那天晚上，我收到Y一条很长很长的微信：

筱懿姐，生活是把双刃剑，所有命运赠送的礼物，都暗中标着价格。

女孩羡慕的霸道总裁，不仅会壁咚，更是真正的“霸道”，即便我很理解“只有偏执狂才能成功”这句话，可是，理解和真实的生活是两回事，家庭问题不是“霸道”和强势能解决的，它需要双方的改变与体谅，而让一个40多岁的老男人改变，是件太艰难的事——年长不仅意味着成熟，也意味着衰老和固执，还意味着和与自己爷爷奶奶差不多年纪的公婆艰难的相处。

如果丈夫是传统家庭三代单传的独子，只要条件允许，往后的生活必然是要生到儿子为止；如果丈夫一力支撑起全家的运转，那么他就是家庭的核心，必须放下你的理想和追求去配合他的生活轨迹——一个家庭不能有两个自说自话的人，对方不妥协，如果想继续，就意味着你的妥协。

所有的问题，我如今第一次想明白，即便我领会并且接受，也在要求自己践行，只是，这不是我想要的生活，我不知道未来还有多少困难，以及自己能坚持多久。

“所有命运赠送的礼物，都暗中标着价格”，这句牛掰的话是世界三大传记作家之一的茨威格说的，在他那本《命丧断头台的法国王后——玛丽·安托瓦内特传》中，也是一本我和Y都阅读过的传记。

玛丽·安托瓦内特是奥地利公主，14岁成为法国王太子妃，18岁当上法国王后。在外人眼里，丈夫很顺从她，由着她的性子建宫殿，办宴会，夜夜笙歌。她的亲哥哥从奥地利专程来法国请求她说，你现在是法兰西王后，能不能每天读一小时书，这并不难。

玛丽对哥哥说：我不喜欢读书，我喜欢享受生活。

二十年后，玛丽上了断头台，被称为断头王后。

茨威格在给她写的传记中，提到她早年的奢侈生活，无比感慨，说：她那时候还太年轻，不知道所有命运赠送的礼物，早已在暗中标好了价格。

是的，万事皆通，爱情、婚姻、亲情、友情、事业、自我，无不如此。

选择霸道总裁，意味着他的强势不仅对别人，对你也一样，“何以笙箫默”式的玛丽苏情节只存在于偶像剧；选择啃老，意味着老人也在用他们的思维和观点反噬你，直到你有本事独立；选择在特别年轻的时候过安逸的生活，很可能意味着中年岁月不太静好，人的付出与收获总量基本平衡，不过是早享福和早吃苦的区别；总是选择走最容易的路，很可能意味着在你最出其不意的时候必须走一遍最难的路。

这些，既是生活的礼物，也是礼物上的标价。

就像Y在别人眼里看上去“嫁得好”的婚姻。

在婚姻里，所谓的爱情不是居高临下施舍似的给予，而是懂得换位思考，尊重与平等地对话，不把自己固化的价值观强加给另一半；

所谓的富有不是对方拥有多少财富，而是你自己能挣得多少财富，或者对方乐意与你分享多少财富；

所谓的成熟稳重，不是一成不变固步自封，而是能够随着生活环境的变化调整自己的状态，夫妻双方共同成长，用成年人的心态对待并且解决矛盾和问题；

所谓家庭关系简单，不是家里人口少，而是每位家人的心胸大，不在鸡毛蒜皮的小事上计较，不把家务事太当回事。

而什么是嫁得好？不是结婚的时候收获多少羡慕，对方有多少优秀条件叠加，而是，在婚姻中收获了自己满意的状态，两个人能够以舒适的姿态过上1+1大于等于2的生活。

我给Y回复了一条很简短的信息：

接受了生活的礼物，就坦然为它付费。

她不是嫌你穷，她是嫌你猥琐

每年年底，我都要和阳光凑时间吃上一顿饭，她是我喜欢的朋友，像她的外号一样充满能量，一直能以成熟的心态做青春的事，所以活得眉清目秀神采飞扬——我喜欢眉目清朗的女人和男人，很多人不是不好看，而是心里有戾气和浊气，眉毛眼睛鼻子总是糊在一起，不提神。

正吃着，阳光拿起手机看了一会儿，看完，轻轻放下，表情略微奇怪。

我问她有事吗，她说没有，顿了一下，接着说：收到一封前男友的邮件。

然后把手机递给我。

我接过手机，这哪是什么邮件，简直是一份年终总结报告，包含四张照片和一个两千字左右的文档。

我粗略浏览，四张照片分别是在办公室的单人照，办公室看起来蛮豪华的样子；一家三口滑雪自拍；在某个外国旅行的照片；在一辆车前的照片。文档大意是今年再次升职，去了南美旅行，还在年底换了车。

我把手机还回去，阳光的前男友我见过，只是不知道他发这种邮件的意义。

阳光咧嘴笑起来：这位大哥一直认为我当年和他分手是嫌弃他穷，所以，每年都要发一封个人总结报告似的邮件证明自己过得不错以雪耻。

我震惊：他这样做多久了？

从我们分手那年起，有六年了。阳光轻描淡写地说。

你回复过邮件吗？

没有。

他老这样发有意思吗？

不知道，反正我没换过邮箱，他每年都发。

那你当年和他分手是因为他穷吗？

阳光果断地摇摇头：我不会因为一个男人穷而分手，我只会因为他猥琐而分手。

阳光和她的前男友曾经是同事。

那时，他们是同一批入职的新员工，他在入职培训时已经表现得非常出色，思路清晰，思维敏捷，表达能力极强，因为家境特别普通而尤其上进，长得有一点点像靳东。阳光和他都被分在客户部，阳光是客户总监助理，他是客户专员，两个人因为工作交集日久生情。

刚恋爱时，阳光眉梢眼角都是高兴，被他的勤奋深深吸引，经常在女总监面前递好话，创造机会让他和总监多接触。很快，她便发现这种接触不仅仅是工作，更延伸到生活的方方面面，他给女总监拎包、挡酒、接孩子、陪出差，成了职位提升最快的员工，当然，绯闻也提升迅速，公司里流传着好几个版本的凤凰男上位史。

由于公司禁止办公室恋情，阳光和他一直秘密恋爱，但是，隐瞒的纸终究包不住爱情的火，终于，女总监有一天找两人谈话：必须走一个。

他对阳光说：还是你离开吧，无论职位和前景我都更有优势，这样咱们能早点攒够钱结婚。

道理都对，只是，没有半点征询和商量，即便阳光已经做好自己离职成全他的准备，但是，被这样直截了当地安排，终究心里不愉快，更何况还有总监的绯闻摆着。

但是，阳光是个大心眼的姑娘，她服从大局同意了，辞职去了另外一家公司，转行做销售，收入比从前高很多，忙碌也等比增加。

销售的工作难免饭局和应酬，阳光有自己的准则：第一，晚上10：00前回家；第二，晚上20：00后不和异性客户单独私下交流。

她是个边界感很强的姑娘，非常清晰该做什么不该做什么，自己的核心竞争力在哪里，得体明白的姑娘，业绩都不会太差。

可是，有一天傍晚，一个平时关系不错的客户突然打来电话，犹豫了半天，吞吞吐吐地问："你男朋友是不是××？"

阳光很诧异：是的，怎么了？

客户说：昨天你男朋友打电话给我，让我们交流工作不要太频繁。

阳光脑子一热，瞬间不知怎么接话。

他怎么能不打招呼做这样的事？不信任也罢了，两个人的事放在公开场合解决，以后和客户怎样沟通？再好的关系也有芥蒂。

她准备他晚上回来聊，可是，他照例有应酬，晚上9：00依旧没有动静，她给他打电话，接通后隐约饭桌上推杯换盏的声音，他喝得舌头有点僵，说回去再说。

深夜12：30，她终于等回一个醉醺醺的男人。

他一口承认给客户打电话的事，得意地问：你猜我怎么拿到他号码的？还真费了点周折。

阳光问：你觉得你一周两天喝成这样，合适吗？

他打着酒嗝嘭嘭地拍着胸脯：那你知道一个家境普通没有钱的男人在这个世界上生存的艰难吗？我不拼命工作，哪有那么多钱买房子结婚？

他自言自语历数自己的不容易，突然把脸凑到阳光面前，说，你是要一个傍晚6：00坐公交车回来的男朋友，还是要一个夜里10：00开奔驰回来的男朋友？

阳光转脸避开他的酒气：我要一个对我有心的男朋友。你没有钱，我们可以在一起；但是，你没有心，我们不能在一起。

他轻蔑地笑起来：瞎扯，你们女人最现实，你们不会和没有钱的男人在一起，你们只喜欢“我貌美如花，你挣钱养家”。

阳光也轻蔑地笑笑：我负责貌美如花，你负责挣钱养家，只是感情的一种；女人也可以“共同貌美如花，一起挣钱养家”，我从来不嫌你穷，但我看不上你猥琐。

很多男人以为女人嫌当年的自己穷、没有前途，其实，穷只是经济上暂时的困顿，猥琐却是精神上永远的寒酸，女人看不上的并不是穷，而是男人的心智品行道德低于社会平均值，活得局促自大却不自知，像茫茫天地间的一个笑话，引不起人的尊重，更别提仰视——无论谁的爱情，尊重都是基础，没有这个基础，再怎样黏腻甜蜜都不牢固，像一场荷尔蒙的爆表，说不上是“爱”，更像把玩和游戏。

而能引起女人尊重的，并不仅仅是钱。

莫欺少年贫，莫嫌老来丑。钱只是生活的积分之一，代表你可能靠谱地努力过、勤奋过，生活还有很多其他积分项，比如善良、正直、宽厚、勇气、责任、趣味，等等，具备这些特点的男人未必现在出色，但将来一定不会太困顿，并且带给身边的女人看得见未来的希望。

就像王尔德说的，女人喜欢有未来的男人。

而猥琐的男人，让女人看不见未来，自然也会了断了现在。

在经历了若干次正式与非正式的争吵后，阳光和前男友最终分手。

分手那天，他说：你总有一天会后悔今天的决定，你放弃了一个能养你的男人。

也是从这个男人身上，阳光很清楚，有些男人的养家，包含太多附加条件，把两个人的关系解构得不像恋爱和婚姻，更像一纸分工合约，包括女人必须从事什么职业，几点回家，什么时候生孩子，一个月多少零花钱，买多少件衣服，和朋友聚会几次，“老婆”对他们来说是个工作岗位，他们花钱招聘最适合该岗位的女性从业者。

只是，阳光低估了这样一个男人的自大和决心，他居然每年发一封邮件向前女友证明自己过得好。

可见，男人的大气和外形没有关系，猥琐也和金钱没有关系。

阳光的丈夫是个个头不高的男人，其貌不扬，他工作认真，也给妻子充分的信任和空间，三口之家温暖平静。

我拍拍手机，调侃阳光：这个前男友可算不上加分项。

她也笑：谁年轻时没爱过几个混蛋，现在想起来就想扇自己耳刮。

独立女性，不等于抢着埋单的姑娘

有一天，一个女人的未婚夫对她说："我已经征得前女友的许可，她接受我和你结婚，但是你必须同意我和她继续来往，每年有一个固定假期和她一起度过。"

如果这个女人是你，你会怎么样呢？你会大骂并且给他一个耳光扬长而去吗？这才是独立新女性的标配。

但是这个美国杜克大学计算机系毕业并且获得MBA学位的女人没有，当时她还叫梅琳达·弗兰奇，在微软公司担任一个部门的主管，手下有一百多名员工。那个提要求的男人就是世界上最富有的男人之一比尔·盖茨，因为母亲的反对，他不得不放弃娶前女友安·温布莱德的念头，向梅琳达求婚。

梅琳达答应了，并且在婚后做起了全职太太。

她为盖茨生下三个孩子，管理着盖茨豪宅的日常工作，还创办了一个家庭图书馆，并且和丈夫一起建立了美国有史以来最大的基金会——比尔及梅琳达·盖茨基金会，旨在促进全球卫生和教育领域的平等，她担任主席。

盖茨曾经在一次访问中表示，如果没有梅琳达，很可能就没有基金会事业，事实上，盖茨每天都在堆砌财富，他的妻子则在琢磨着怎样用掉这些钱，尽管她完全能够享受世界上最丰厚的物质生活，但她却并不热衷于购物和打扮，她的行事作风很有商业女强人的风范，她对慈善基金会的管理讲求效率、目标明确并且有紧迫的责任感。

从外表看，梅琳达温顺得像一只绵羊，她忍受着一起又一起对她丈夫的敲诈勒索、死亡威胁，忍受丈夫与前情人安·温布莱德保持特殊友谊，忍受他那几天不洗澡的身体发出的阵阵臭味，倾听丈夫诉说在工作中受到的委屈，在他紧张困乏时给予理解、鼓励及建议。

可是，有人质疑过这个女人不是新女性吗？有人要求她在婚姻中AA制付账吗？有人对她说全职主妇的价值归零吗？有人向她宣传要完完整整地拥有一个男人的全部吗？

没有，或者说不多。

因为每个个体有每个个体的取舍，就像每个社会有每个社会的规则，甚至，人们心里还隐蔽地藏着很多把尺子，用来衡量不同人的行为，比如，你出轨了但你有钱所以你老婆对你容忍度就该高一点，你不好看学历也低你就应该多做家务而且别指望获得太多肯定，你好说话能吃亏就活该是个“包子”，你能力强脾气臭难通融，算了，你就多吃多占点儿吧。

所以，世界上很少有一种简单的行为能够定义一个复杂群体，就像现在我们说起女人的“独立”，它并不完全体现在底气十足地亮出薪水单证明自己能养活自己，也未必需要女人们急吼吼地和男人经济上AA，好像买完单付完账新女性就诞生了似的。

很多事情，它们并不像看上去那么简单。

女人经济独立，并且能够自主付账的背后有着很多支撑，很关键的两点是：第一，付完的账是否获得法律足够的保护；第二，付出的劳动是否被享用方以及社会认可。

就像梅琳达，她敢于接受看似不平等的条件嫁给盖茨，除了私人原因，还有美国法律的支撑。美国的“结婚、离婚法”有三个特点：一是最大程度保护儿童利益；二是财产分割的天平较倾斜向女性；三是惩罚出轨搞婚外情的男性。

美国有十个州对已婚家庭财产实行“共同财产”法律保护，在这些州，男女结婚后，不论一方是否工作，男女双方在婚姻存续期间的财产，所赚的钱或者是债务，是双方所共有，包括现金、股权、珠宝、艺术品等等；还有四十个州实行的是公平财产法律，在婚姻存续期间，男女谁赚的钱、谁积累的财产就归谁所有，但在离婚时不是按照谁拥有多少财产来划分，而是考虑很多因素，即便在现代家庭结构中，女性在金钱上对家庭的贡献不及男性，但女性在非金钱的贡献上大大超过男性，这对女性要求公平分割家庭财产有利。

而在日本，婚后购入的房产，如果夫妻都工作，除非工资差距较大，一般是互相平分；如果妻子是全职主妇，妻子会得到大约三分之一——日本社会的观点是家务劳动的强度不高于上班工作的强度，所以全职主妇得到的财产比例一般不会超过二分之一。

可想而知，日本女人的安全感和美国女人是有差异的。

亲爱的读者，你们知道我不擅长说道理，我只擅长讲故事，让你们在故事里读出自己的理解和感触。我也曾经是个非黑即白态度鲜明的女人，只是，经历了很多深深浅浅的灰色地带之后，我更加愿意去理解简单表象之后复杂的原因，更加愿意体谅生活中的欠缺和不得已。

柏邦妮曾经说，这个时代把中国女人推向了世界，却没有把中国男人拉回家庭，所以，大多数中国女人都在辛苦地打着两份工，一份叫事业，一份叫家庭。

过度强调女人经济独立，其实隐含着利益分配不合理，很多中国女人为什么不愿意在经济上和男人AA，因为男人没有和她们在责任与义务上AA，也没有在人生的机会成本和风险里AA。

我们会举很多“外国”女人经济独立和自己付账的例子，但是，“外国”是个神奇的国家，就像“外国人”是一群神奇的人种，这个世界上有太多的“外国”和“外国人”，“外国”不仅包括美国、法国、英国和北欧那些社会福利很健全的国家，还包括广袤亚非拉地区的发展中国家，每个国家的法律、制度和社会形态都是不一样的；

同样，“外国”女人不仅包括美国女人、法国女人、英国女人，还包括印度女人、埃及女人、古巴女人，每个国家的女人独立程度以及表现形式也各不相同。

一个国家、一个时代，男人和女人相生相长，各项指标基本匹配，成熟度不会相差太大——也就是说，自己埋单AA的女人往往对应了尊重、认同女性劳动的男人，而捂紧钱包依赖男性的女人背后往往站着很多直男癌。

一对男女用什么样的方式沟通，一对夫妻有怎样的分配原则，取决于彼此与自己和对方的要求，以及社会的普遍价值观。

中国女人除了经济上的独立，还需要精神上的独立；除了精神上的独立，更需要社会意识形态的认同与支持。

“独立”除了金钱，也是一种信任和笃定，既是对自己也是对他人，既是今天我挣钱养家，也是当我有需要承担另外一种责任的时候，你依旧认同我的付出和劳动。

所谓的“独立”并不需要你急吼吼地打开钱包付账，甚至婚礼费用都AA，女人有价值，但女人没有价格，不要在花钱的过程中丢掉了自己的价值。

所以，亲爱的，我会付账，我能养活自己，但是，这并不代表我对你没有要求，这也并不是我“独立”的唯一标志。

爸爸是妈妈最好的搭档

有一次，我从慕尼黑转机往那不勒斯，登机之后发现一个金发碧眼的小男孩总是从座位上伸头看我，天然的亲昵 —— 当了妈妈的女人最招架不住孩子的亲热，我也眨眨眼回应他，他觉察到了我的喜欢，飞机平稳飞行后立刻从自己的座位跑到我身边，他旁边的椅背里迅速起身一个史莱克般高大敦厚的男人，手里抱着个女版洋娃娃追了过来，我心想原来是爸爸带着两个孩子出远门，真不容易。

于是，两个小时的飞行过程，我和同伴们逗小男孩玩，“史莱克”自己带着洋娃娃，洋娃娃只有2岁不到，闹觉哭得满脸眼泪，机舱毕竟空间有限环境陌生，洋娃娃经常看起来快睡着了，刚闭上眼睛立刻惊醒，断断续续地哭，是个漂亮的小磨人精。

可是，“史莱克”始终轻轻抱着她，变换各种姿势，试图让她睡姿更舒适，但是都顽强地失败了，洋娃娃始终处于半睡半醒哼哼唧唧之间，爸爸一落座，她就开始哭，为了安抚她的情绪，爸爸只好始终站在安全门附近边哼着歌儿，边轻轻地抚摸洋娃娃的后背，终于，洋娃娃彻底进入了梦乡，“史莱克”总算有空向我们微笑致谢。

周围的中国女人感叹，A说：都觉得西方孩子好带，父母能轻轻松松多生几个，没想到也这么闹人。B说：这个爸爸太强了，居然一个人带俩孩子出门。

聊天时，“金发碧眼”毫无征兆地突然飞奔回自己的座位，“史莱克”怕他跑太快摔倒，一手扛洋娃娃，一手捉金发碧眼，厚墩墩的身体像一座温暖的墙，他拉住儿子，微笑地做了个“安静”的手势，一字一顿小声而清晰地说：“嘘，妈妈累了，小伙子，请让她多睡会儿。”

这时，我和同伴们才知道，原来前面的座位里还坐着一个“菲奥娜”，只不过她睡着了，这是一家四口外出度假，于是，几乎所有中国女人都吃惊地张大了嘴巴：啊，原来她妈妈在？

其实，我很明白背后的潜台词是：妈妈在居然是爸爸管孩子，以及，这个爸爸真牛。

飞机即将降落那不勒斯，“史莱克”安顿好儿女，轻轻唤醒“菲奥娜”，检查行李，让妻儿走在身前，自己抱着洋娃娃走在最后，一家四口列队整齐说笑着下机。

那一次，我在意大利待了十几天，无论在那不勒斯、罗马、佛罗伦萨、威尼斯，还是苏莲托、卡布里这些度假小镇，我们看到了各种各样带孩子的爸爸。

他们不仅承担推婴儿车、拎奶瓶、抱孩子之类体力劳动，还承担更多细节的照料：圣母百花大教堂门口，一位推着婴儿车的爸爸因为孩子总是不老老实实待在车里，一边逗孩子，一边仔细检查他的安全带；苏莲托小镇，一家三口出游，准备坐在石头台阶上时，细心的爸爸先用手摸了摸石头，然后照顾妻子坐下，再把孩子放在自己膝盖上；餐馆里，爸爸抱着小娃娃的概率，不比妈妈低。

我们发现，所谓的“外国孩子比中国孩子好带”，除了育儿理念，更多是父母分工协作搭档得更好，爸爸的参与感更强，他们分担了更多在中国式亲子关系中理所当然丢给妈妈的劳动，让妈妈们拥有更多时间和空间料理自我与孩子的休息和成长。

旅行结束时，我从法兰克福转机飞回上海，机舱里一对中国夫妻带着大约3岁大的孩子坐在我附近。

因为飞行距离太长，孩子根本坐不住，妈妈用尽各种办法：讲故事、吃东西、玩玩具、看动画片、在机舱里适当活动。他们一次次走过我身边，妈妈声音轻柔但脸色疲惫，爸爸除了象征性地说两句“宝宝不要调皮”、“好好睡觉吧”，并没有太多实际行动，他很快伸了个懒腰，自己戴上眼罩睡着了，留下不肯睡的孩子，和依旧在哄孩子的妈妈。

飞行中途，我起身活动，经过他们身边，爸爸裹紧毛毯戴着眼罩，膝盖上放着他正在看的一本书，妈妈搂着旁边座位里睡着的孩子，她睡得非常浅，孩子的些微动静，都让她条件反射地惊醒，确认身边那个不老实的小家伙没有新状况，再合上眼休息。

飞机在上海降落，爸爸利落地拿起行李走在前面，妈妈仔细检查座位，收拾孩子的各类杂物，给孩子换上外出的衣服，但是，她动作慢了，爸爸已经走到前面的机舱，她还在侍弄孩子，当她终于能够放心离开时，爸爸已经不见了踪影。

我写这篇文章，没有任何贬低中国爸爸的意思，我也从来不认为所有中国爸爸都是甩手掌柜，我身边就有很多优秀的奶爸，只是，从概率上说，中国爸爸的参与感相对较弱，中国式“拼妈”大多拼的是时间和体力，而“拼爹”往往拼的是财富和地位，可是，夫妻关系、家庭关系与亲子关系，除了分工，更多是协作。

二孩政策之后，大多数妈妈最担心的不是“生”，而是“养”，除了经济压力，更大的压力来自“我将如何带好两个孩子”，“谁会替我分担照顾两个孩子的劳动”。很多妈妈开玩笑“妈妈生，姥姥养，爷爷奶奶来观赏”，这句调侃的话里，甚至连爸爸的影子都没有出现，爸爸真的去哪儿了呢？

每一年的母亲节，铺天盖地赞美妈妈无私付出的文章看得人眼热，可是，无私奉献到有点心酸和辛苦的妈妈们是怎么炼成的？很大一部分原因得归结到她的搭档——爸爸们的参与感太弱。

妈妈为什么不舍得在精神和物质方面对自己更好一些，除了“无私”的母爱因素，还因为她们早已习惯了奉献，早已习惯了把带孩子包办成自己的工作，早已习惯了要求自己做无死角的好妈妈，早已习惯了爸爸就是挣钱养家，妈妈就是努力带娃。

因为妈妈不无私，孩子就要受委屈。

我们是妈妈，可是，我们也是自己，我们需要搭档分担，而爸爸，才是妈妈最好的搭档。

母亲节最好的礼物，除了让孩子送给妈妈康乃馨，对妈妈说“我爱你”，更是爸爸的参与、懂得和分担。

最有价值的爱，向来是体谅与行动。

男人的一半是好人

1. 当一个好男人变坏了

我的耳鼓膜差点被手机话筒的气流穿透：他居然敢跟我分手，他曾经是那么一个老好人，也做出这种伤天害理的事！

女作家的风险是，不能你想听故事就去找人家，人家遇上事故，你同样要负起开导的责任。

打电话的是我的小女友，一个92后，我了解年轻一代新女性的标本，她看上去老实巴交的小男友居然劈腿了。女人不是不能失恋，而是不能被一个自己认为吃得定定的男人放弃，这时，她会表现出爱断情伤的假象，其实，内心的愤怒远远多于伤心。

我的小女友漂亮而能干，从来不乏追求者，所以，我特别不能理解她为什么在爱情中极度没有安全感——或许很多女人特别无法承受婚恋失败的心理打击，于是选择自以为最安全的路径——我见过她这个男朋友，她独具慧眼地在表白过的男人中挑了最差的这个，无论职业、外形、学历、家境。我问过她为什么，她眨眨眼：因为他人厚道，对我好吧。

我问她爱他吗？

她说：也许爱吧。他让我觉得踏实，感觉永远不会放弃我。

我见过很多对女人特别好的男人，爱情是一方面，更重要的原因是他们很闲，有时间和精力在日常琐碎中表达情感，所以，有钱有颜有时间的霸道总裁几乎不存在。

可是，“爱”也分大爱和小爱，细节是小爱，能量匹配是大爱，两者均衡得像钱锺书与杨绛那般经典的太少，但太脱节也不可能在一起，一个伴侣，如果没有其他优势，连对你好都做不到，那不是找虐吗?

很多优秀的女人，因为精力都花在提升自己身上，对研究男人兴趣不大，反而在男女关系里缺少必要经验，单纯得超乎想象，就像我的小女友，她忙着工作、练瑜伽、学钢琴，本能觉得老实男人更可靠。

其实，外表老实巴交的男人“变坏”的几率一点不比看上去聪明机灵的男人少，她这个男朋友，被办公室32D的前台吸引，日久生情劈了腿。

她不是不能接受男人变坏，她只是不能接受好男人变坏。

于是，我准备跟她聊聊更高级一点的男人，比如爱因斯坦。

2. 世界上有完美的男人吗

我们所了解的爱因斯坦大神是这样的:

他提出光子假设，成功解释了光电效应，获得1921年诺贝尔物理奖，创立狭义相对论和广义相对论，为核能开发奠定了理论基础，被公认是继伽利略、牛顿以后最伟大的物理学家，1999年被

《时代周刊》评选为“世纪伟人”。

他聪明得像个外星人，10岁看科学和哲学书籍；12岁的生日礼物是古希腊伟大数学家欧几里得的《几何原本》，他觉得太容易，又去自学高等数学；13岁，他读康德；16岁，自学微积分……

此外，他对穷人、弱者和被压迫阶级的人文关怀，感动了全世界。

爱因斯坦真是个好人，不是吗?

但是，他同样是个差劲的丈夫和父亲。

这位任性的大神，特别会撩妹，至少有过十个情人，上世纪各国妇联代表曾经集体骂他玩弄女性，他不是为了做模范丈夫和父亲来到这个世界，他原本只打算做科学研究的主业，却不得不维系家庭生活的副业。

爱因斯坦有两个私生女。

第一个叫莉莎，是和前妻米列娃婚前所生，后来据说被送回塞尔维亚，就此不知所终，在爱因斯坦叱咤全球的三十多年里，他从未做过任何努力去寻找女儿的下落，这个可怜的女孩或许早就死于猩红热。

第二个叫伊夫琳，是爱因斯坦1933年正式移民美国后，与一个纽约舞女的孩子，伟大的科学家对这个孩子同样不闻不问，还是作为长兄的汉斯——爱因斯坦的大儿子动了恻隐之心，暗中接管了同父异母妹妹，据说，直到伊夫琳成人，汉斯也没有告诉她，名满全球的爱因斯坦就是她老爸。

在婚姻内，爱因斯坦和第一个妻子米列娃有两个儿子：大儿子汉斯与小儿子爱德华。他当年离开妻子和儿子，把他们孤零零地丢在瑞士苏黎世，孩子们很小就不再拥有父爱，而且经济拮据，日子过得非常清贫。

爱因斯坦还曾经许诺把诺贝尔奖金全部交给米列娃支配，却并没有真正兑现，他把大部分奖金用来炒股，投在美国市场，但是运气不佳，在大萧条期间损失殆尽。

这个伟大的男人，他全部创造性的努力，都完全集中在科学领域，却牺牲了身边最亲密的人的小确幸。

可他依旧是真正的全才，连情诗都写得动人，反正不是对同一个女人。

3. 男人和女人，都只有一半是好人

所以，什么是好男人呢?

或许他不是坏，只是那份好处没对着你。

他不是冷，只是那股暖意没向着你。

他不是没有心，只是心里装着其他事，根本没有你。

他不是始乱终弃，只是耐力和定力都弱，架不住现实的考验。

现在对你好的人，未必将来对你好。

曾经，从来不代表永远。

无论男人和女人，都只有一半是好人：在特定的时间，对特定的人，对特定的事表现出自己的宽厚与善意。

换个场景，都是平常人，经常斗不过欲望，偶尔管不住灵魂。

指望别人是好人，不如自己做个不错的人，至少有能力躲开别人无奈的恶，至少在下雨的时候能够自己撑开一把伞。

年轻时，我们都以为世界只有黑白两色，经历多了才确信，生活里到处是深深浅浅的灰色地带，人性之复杂远远超越我们想象。

纯粹的好人不多，彻底的坏人也不多，最多的，是那些不好也不坏、在道德与欲望之间反复挣扎的平常人。

看上去老实巴交的男人未必像外表那么淳朴，望过去贤良淑德的女人也未必如表象一般贤惠，人类是架复杂的仪器，并不是只有“好”与“坏”两个按钮。

我对我的小女友说：你看，爱因斯坦也就只能做成这样了，你还要听马克思的故事吗?

她平静了很多，语气里带着忧伤与正能量混搭的聪慧：不要了，我懂了。

4.
打不过的敌人，就是朋友

跟明白人不说暗话，在老中医面前不用偏方。

生活有时忌讳“目光远大”，反而需要“鼠目寸光”。

聚焦把眼前的事情办好，

其他的矛盾都会在往前走的过程中自然化解。

去靠近真正有才气的女人

我曾在“筱懿的啰嗦”里说起喜欢有“财气”和“才气”的女人，很多香蜜留言：财气比较容易识别，那，什么是真正的“才气”呢？是读了两本书，会画两笔画吗？我想，应该不是，我们今天来聊聊什么是女人真正的“才气”。

A. 女人的“才气”不止一种

我曾经认识一位女画家，被她的才气深深折服，自动成了迷妹，那段时间我们总是黏在一起，谈论艺术和八卦。

但是，我很快就有点招架不住了。

画家情绪非常不可控，高兴时像个孩子手舞足蹈，一切都好说；可脾气说来就来，一丁点小事都能成为引爆坏心情的导火线，上一秒还笑逐颜开，下一秒就风云突变，非常突然地流泪或者忧郁，让我不知所措。

艺术离不开爱情，她和男朋友的任何风吹草动都急着和我分享，可是，我朝九晚五哪能随叫随到？每次婉拒都惹她不高兴。我早睡早起睡前关机，她是夜猫子，找不到我下次见面必定发脾气。

我从来没想过，女人之间的友情也能让人这么心累。

原本，我被她的才华吸引，除了情感共通还想跟她学习绘画的审美，没想到她的才气如此锋利，戳得我落荒而逃。

交往一段时间，我逐渐淡出她的朋友圈，准备回归从前的生活。结果，不得了，和她保持距离比和男人分手还难，她用电话、微博、QQ质问我为什么冷落她，穷追猛打了很久，才逐渐平静。

从那以后，我特别害怕艺术气质和表演型人格过于明显的女人，才气不是激发女人天性中情绪化、敏感和神经质的借口，因为绝大多数人的“才气”都有点稀薄，达不到“天才”的水准，脾气却让人招架不住，身边人很受气。

而且，我开始觉得，女人的才气绝不仅仅局限于某一种。

B. 高段位的“才气”并不高冷

我有三位同性好友，分别是化妆师、服装设计师和生活家，我们不仅收获了彼此的友情，还享受了对方才气带来的福利。

化妆师教我粉底、眼影、腮红使用技巧，和各种独家护肤妙招，只要她档期排得开，我有重要活动都是她掌刷。她话不多，几句微信问清出席的场合，看过搭配的服饰，便一切了然于心。活动当天，准时和助手拖着巨大的化妆箱出现，她只要拿起化妆刷，那股专注的认真和自信，简直帅呆了。

她特别忙，我们极少有空在一起吃饭聚会，但这并不影响我们的友情，我们心里都很惦记和认可对方。

真正有才气的女人，并不需要别人无止境的陪伴，才华就像她的朋友和爱人，她投入其中自得其乐，很少觉得孤独。

服装设计师指导我穿衣搭配，我特别佩服和信任专业能力强的女人，所以，服饰方面我一点不操心，她配什么我穿什么，每年节约大量逛街购物的时间，用来看书和工作。甚至，和她在一起耳濡目染，我穿搭基本功迅速提升，内心满满的高兴。

真正有才气的女人，不停滋养你，而不是消耗你，她像个充电宝，总能让你和她一样充满能量。

生活家就像百事通，她清楚地知道城市里每一个让生活方便的细节：哪个缝纫师傅做得出最合体的连衣裙，改得了不合身的西装；拉链和伞坏了哪儿能修；哪家网店的水果最新鲜好吃；哪个外教的口语最流利标准；哪个品牌的大闸蟹最膏满黄肥；哪个私房菜馆既美味实惠又撑面子。

难道只有文学、艺术、绘画这些所谓高雅的才华才叫“才气”？真正的才气范围广阔，能把生活过得有滋有味就是特别强大的“才气”，它一点也不尖锐高冷，充满了接地气的温暖。

为了不跌份地一直做她们的朋友，我也不好意思偷懒，认真看书码字。化妆师曾经问我：文字上的“才气”是不是任何时候都写得出文章?

我说：作家也有写不出字的时候。但是，写不出一整篇文章，我就写一段话；写不出一段话，码几个字也是灵感，总之，不能停。

才气和勤奋，犹如灵气和匠气，中间还需要惯性的支持，卡壳很正常，不中断就好。

才气不是肆无忌惮地挥霍，而是小心翼翼地维护，你珍惜它，它也珍惜你。

C. 什么是女人真正的“才气”

现在，我理解中女人真正的才气，是在某个领域有独特的见解和本事，并不局限于多看了两本书、会画几笔画、弹几首曲子。这些，都是才华的表现形式之一，并不是唯一。

那些充满才华的女人之所以活得舒展，是因为每一项才艺都需要付出扎实的苦功夫，每一种才能都要花费真切的心力。打磨才情的过程，是一个女人静心修炼的阶段，这时她心无旁骛，专注钻研，既没有卖弄，更没有取悦他人，她没有那么多时间琢磨怎么讨好男人和别人，也没有那么多心思去抱怨和哀叹，即便一个人，也能很精彩。

女人的才气，并不是坐而论道夸夸其谈的“虚”才，而是好好生活的“实”才，从小处看，能让自己过得有意思；从大处说，能给人生打开不同的格局，找到别样的机会。

去发现那些真正有才气的女人，和她们一起活得兴头十足，一起把那些平淡的时间都镀上光彩。

扫一扫，收听有声版

“闺蜜”怎样才能持久

女人的友情怎样才能持久?

这真的是情感题加技术活。

我最欣赏的一对“闺蜜”，是《乱世佳人》中郝思嘉和梅兰妮，两个迥然不同十三不靠的女人。

郝思嘉起初对梅兰妮充满敌意，觉得她抢走了自己心爱的男人艾希礼，是个瞧不上的情敌，可是，两人同生共死十二年，生命中最重要的时刻对方始终陪伴，梅兰妮去世时把孩子托付给郝思嘉，郝思嘉毫不犹豫地承诺：“我会把他当作自己的孩子一样看待，上大学，到哈佛，到欧洲，只要他愿意，什么都行。”

我看这本书的时候13岁，一直到33岁，我才觉得《乱世佳人》不仅是一个女人爱情的觉醒，也是友情的成长，总要经历很多变故才会明白自己该爱什么样的男人，信任什么样的女人。而女人之间，最牢靠的友情是“养孩子之交”，把生命中最重要的内容托付对方，那得是过命的交情，才算得上“闺蜜”。

而一对好闺蜜，一定是同类，即便外在表现不同，内里肯定同步。

就像郝思嘉和梅兰妮。

从外表看，郝思嘉强悍勇敢生命力茁壮，梅兰妮却弱不禁风，是典型的南方淑女。可是，梅兰妮骨子里却和那些动不动假装晕倒，热衷八卦的南方女人不一样，她有内在的勇气和力量，她并不墨守成规，更知道自己的坚持，她因此而理解和疼惜郝思嘉，欣赏郝思嘉的生命力，只是碍于教养，她永远不会表现得像郝思嘉一样出位。

在郝思嘉人生所有的重要时刻，推动她的人是白瑞德，支持她的人却是梅兰妮。

她在服丧期和白瑞德跳舞，梅兰妮保护她；她打死北佬逃兵，一个人拖不动，梅兰妮举着军刀站在她身后，和她一起处理尸体，两个人都清楚，只有这样才能自保并且活下去；她被亚特兰大主流社会孤立非议，梅兰妮决绝地站在她身边，甚至被告知自己的丈夫和她拥抱，依旧坚信两人清白。

梅兰妮早已发现郝思嘉和艾希礼不合适，她很清楚适合郝思嘉的绝不是艾希礼这样传统沉默的男人，也知道艾希礼绝对没有勇气爱上郝思嘉这种热情到嚣张的女人，只是两人自己没有看破。

所以梅兰妮对白瑞德说：郝思嘉很爱你，只是她自己还没发现。

这两个外表截然不同的女人，其实是同类。

梅兰妮有野蛮的优雅，郝思嘉有优雅的野蛮，郝思嘉是梅兰妮的奔放版，梅兰妮是郝思嘉的冷静版，她们真正欣赏彼此身上的闪光点，包容对方的差异处，在她们各自心目中，在她们对友情的分级中，对方都是“养孩子之交”，过命的交情。

所以，女人的友情实际上分了很多层次，比如：逛街之交、不洗头之交、旅行之交、借钱之交、养孩子之交，能担得起“闺蜜”这个称呼，至少得是旅行之交。

当“闺蜜”已经和“美女”一样跌破发行价的时候，我们自己心里得明白，对方是哪个信誉等级的朋友。

“逛街之交”意味着你认同她的审美观和消费力，这才能买到一起啊，也说明你不介意把自己的经济状况多少流露一点，至少，你们之间有信任，即便不那么深厚，你也愿意在对方面前表达自己相对真实的一面。

有多少男女由于聊天聊不到一起而分手，就有多少女人由于买东西买不到一道而做不成朋友。

“不洗头之交”，恭喜，你们交情递增了，至少没那么多攀比，你不介意她比你漂亮有气质，不担心在她面前释放自己比较难看的那一面，对于爱美大过天的女人，这很不容易。

有多少女人因为男朋友太邋遢而分手，就有多少女人因为女朋友太讲究而分开，毕竟，身边站着容貌气质完胜自己的另外一个女人，需要足够的友爱。

“旅行之交”，你们的友情继续升级，你愿意和她共处一室，与她分享世界观和见闻，在她面前很放松，不穿衣服不戴bra也不感到丢脸，甚至可以贼兮兮地夸自己比她胸大，你可以抱着薯条看电视到哈哈哈，也可以被某个外人无法理解的风景感动到呜呜呜，甚至两个人的钱伙在一起花，不再锱铢必较，这是女人友情的新台阶。

有多少男女在旅途中翻脸，就有多少女人在风景中开撕。

“借钱之交”，你愿意借给她钱，你深信你需要的时候她也一样，甚至你在借钱的时候早就做好了对方因为各种原因还不上的心理准备，你能接受，只希望她可以渡过这个难关。但是，你也很清楚，真正的朋友不会不守信，她宁愿委屈自己都不愿意亏待朋友。

有多少男女因为借钱决裂，就有多少女人因为对方不还钱绝交。

“养孩子之交”，就像梅兰妮和郝思嘉，母亲对子女的爱，既高大上，也接地气，人生最关键的时候，她太清楚谁才是值得托付的人。真正的“闺蜜”，患难与共，无论身边换了几个男人，陪你哭陪你笑陪你红尘乐逍遥的，始终是那一两个女人。

有多少男女因为孩子而被迫将就，就有多少女人由于孩子而惺惺相惜。

普通女人或许有十个“逛街之交”、八个“不洗头之交”、六个“旅行之交”、四个“借钱之交”，但是，最多只有两个“养孩子之交”。

太多了顾不过来。

不是“闺蜜”容易失去，而是我们自以为的“闺蜜”数量太多，其实真正的“闺蜜”是稀有动物。

不仅不能多，“闺蜜”还不能分错类，表错意。

向“逛街之交”借钱，不说是否能借到，至少在彼此关系的亲密度上，有人越位了，越位之后肯定别扭，别扭的关系，都不长久。

友情和爱情一样，提前掂量清楚彼此在对方心目中的位置，相互设立信誉等级，不提超越情分浓度的要求，这是自觉，更是自保。

这样的友情，才能长久。

那些走着走着就走散了的“闺蜜”，有多少不过是“逛街之交”、“不洗头之交”的情分，却被委以“旅行之交”、“借钱之交”的重任，能不失去吗?

珍惜“养孩子之交”，有时候这样的女人比孩子爸还靠谱呢。

我想红，有错吗

曾经有档节目准备邀请我做心理老师，先发来一段被点评人的VCR。

VCR的主角是一个在横店做演员的女孩，和身边绝大多数普通姑娘一样，不美不高不白不瘦，她独自漂泊多年，抱有一腔明星梦，在各种各样的影视剧里跑龙套，从20岁跑到29岁，有一点积蓄，和一套属于自己的小房子，独来独往自得其乐，只是没有男朋友，作为一个大龄女青年而被父母唠叨，所以，上节目找男友。

她娓娓叙述着自己的经历，思路清晰，谈吐良好，编导问她最大的梦想是什么。这时，她才流露出难得有些情绪起伏的样子，双手交叉，紧紧互握了一下，很真诚地看着镜头，略微有点不好意思地说：

“我想红。”

VCR到这儿就结束了。

很显然，是故意到这儿结束的。

以至于视角是并不特别友好的俯视。

编导打来电话：“筱懿姐，你觉得这个人物的标签是什么？能不能设定成普通姑娘距离明星梦有多远，甚至为此蹉跎多年找不到男友？提醒女孩们过得现实一点，然后现场你再做一些解读，问她一些相对尖锐的问题。”

我听完后很老实地说：“我不喜欢这个预设的立场。”

是的，我不太喜欢这段带着自以为是的精英视角有点嘲讽小人物的努力的VCR，即便我知道这个点会满足不少人窥探他人生活，或者在对比中找到心理充实感的愿望而提升收视率。

我不喜欢故意让一个没有任何错失的女孩在大庭广众下出丑，用所谓的专业审视她的欠缺，围观她的紧张和不知所措，让她在思维混乱中说出一些不合时宜的话，再断章取义成所谓的“爆点”，当了十二年媒体人，我了解“炒作”的方式和威力，但是，正因如此，才更尊重一个人原本的面貌和真实的心愿。

我对编导说：“你是否觉得这个设定太武断？如果她长得像范冰冰一样美，或者很有钱，我们预设的角度又不同了吧？因为她是个普通人，即便她在自己的基础上尽力，即便她的愿望有点不切实际，我们就要选择否定和嘲笑的眼光吗？”

编导小声地说：“可是，她怎么可能红？”

我客气地结束谈话没有再争论，知道又遇上了我们生活中最常见的“资源歧视”——因为人微，所以言轻；因为人丑，所以作怪。

对美貌、财富、学识等资源的拥有者怀有盲目的崇拜、敬意和宽容，对芸芸众多的所谓“小人物”却缺乏起码的尊重和同理心。

是的，即便她不能红，做做有关红的无伤大雅的梦有什么不行？为什么要招来哂笑呢？小个子的拿破仑当年也说过“不想当元帅的士兵不是好士兵”，假如他没有当上元帅，这肯定不是名言和励志故事而是笑话，他确实是千千万万想当元帅的普通士兵中的幸运者，可是，如果没有这千千万万庞大的基数，他成功的概率也会降低吧？最可怕的不是怀有微渺的奢望，而是连一点向好的心都没有，心甘情愿活成一摊稀软的泥；或者，只有空想，没有行动，躺着做白日梦。

现实有点冷，普通人需要个念想取暖，他们不是不明白梦想到现实的距离，只是自我调节生活的角度。

有一次，公司的实习编辑请我看电影，旁边一对普通中年男女，样貌寻常穿着平凡，两人看电影的时候一直紧紧握着对方的手，还常常会心相视而笑，电影散场，他们手挽着手亲昵离开。

编辑望着他们的背影，语气轻蔑地说：“老年人都是这样谈恋爱的吗？”

我瞥了眼她年轻饱满的脸，认真回答：“等你到了中年，就明白不是所有的爱情都烈火烹油鲜花着锦绣，更不是只有好看和有钱的人才有爱情的自由和权利，生活不是偶像剧，宋仲基和宋慧乔都是用来满足普通人的爱情梦的。”

这么多年，《简·爱》的那段台词依旧经典：你以为，因为我穷、低微、不美、矮小，我就没有灵魂没有心么？你想错了。我的灵魂跟你的一样，我的心也跟你的完全一样。要是上帝赐予我财富和美貌，我一定要让你难以离开我，就像我现在难以离开你。

普通人有普通人的爱情、努力和争取，即便这样的扑腾就像不起眼的河流里一朵微弱的水花，也不应该被轻视。

而我们欠缺的，恰恰是给普通人足够的尊重，我们的眼光、角度和精神，都有点势利。

一直到现在，我都特别喜欢一个段子：

将军遇到下士，骄傲地说："汤姆，如果不是因为你爱喝酒，估计现在已经是上士了。"

下士敬了个礼，同样骄傲地回答："亲爱的将军，每当我喝完酒就觉得自己已经是将军了。"

每次想起这个段子，我都在心底哈哈哈，我喜欢"汤姆"，因为他充满了小人物的智慧，他有自己的理想和满足，未必堂皇高远，却乐天知足。

而我们绝大多数人，都只不过是这个苍茫世界上的"小人物"。

我谢绝了那期节目。

在心底，我尊重每个普通人微小的努力，和希望改变自己的热望，哪怕那有点与众不同。

有几件大事真正值得女人计较

1. 真相往往藏在你看不到的部分

飞机晚点四小时，我走进酒店时已经筋疲力尽，却碰上了特别磨蹭的前台，她先查不到预订的房间，然后协调不到无烟楼层，虽然她态度耐心，但我已经忍不住焦虑，不得已找来她的经理，经理麻利地搞定一切，我顺利住进理想的房间，也因此对前台印象更差——谁会对没有效率的人宽厚呢？

那次是从北京到唐山做读者会，我的离店手续居然又是这个前台，依旧速度比别人慢三拍，甚至，我严重怀疑她和我星座不合，她一边结账我一边被告知，连送我的车都因为交通堵塞将要迟到二十分钟，我心里的不愉快已经膨胀到极点，忍不住大声对前台说：可以麻烦您提高效率吗？

她没有辩驳，开完发票抱歉地递给我：让您久等。

我不愉快地接过，二十分钟不算太短，我打开电脑准备回复几封邮件，突然发现U盘不见了，里面有两篇没来得及备份的新文章，我赶紧去前台找。

她立刻打电话给客房部，对方回复没有看到；她望着我急切的脸，对着话筒说：请在书桌和椅子的夹缝里再仔细找找，U盘里有客人的重要资料，如果还找不到，我陪客人上来找。

五分钟后，客房部把U盘送下来，接我的车刚好也赶到，她走出工作台送我出门，我这才发现，她是一位孕妇。

我有点不好意思地道谢：谢谢你耐心帮我找到U盘。

她同样不好意思：怀孕之后记忆力大减，行动也不利索，经常跳线，也给你添麻烦了。

嫌隙的冰释往往就在一念之间，我心里郁闷尽散，和她挥手告别。

司机师傅因为二十分钟的迟到，反复解释和道歉，我安慰他，他要是不迟到我还没发现U盘丢了呢，从北京到唐山大约两小时车程，我们一定能在路上把时间补回来。

看得出，他很感谢我的理解。

可是，由于交通管制，那天我们往返行驶了十个小时，返回北京已近凌晨，可司机师傅一直坚持把我和在唐山会合的助手安全送达酒店。道别时，他厚道地说：你们明天一路顺风，我回家啦，老婆怀孕八个月，我不回去她心里担心休息不好。

我顺口问：这是老大还是老二呢？

他答：老二，老大十四岁时生病，没留住。

我心里狠狠地疼了一下，不知道说什么，使劲地跟他挥挥手。

这是去年的事，却像昨天般印象深刻，我始终记得那一天的两次挥手告别，每当我打算计较别人的错漏和所谓慢待，就提醒自己：

首先，真相或许藏在我看不见的地方；其次，福祸相依，坏事未必不能变好，何必心胸太窄呢?

2. 林徽因九个战死的空军弟弟和两座日本古城

1938年，林徽因和梁思成在战争中逃难到昆明。

两个中国顶级学者，正面临人生最大的困顿：梁思成被诊断出患有颈椎软骨硬化和颈椎灰质化症，要在衬衣里穿上一副金属马甲，用来支撑他的上半身，即使完成侧身扭头这样的简单动作，也比画测绘图还难。

林徽因的病情更严重，医生在她肺部发现了空洞，轻微的感冒发烧都有可能导致她永远闭上眼睛，但她不以为然，只说警告也是徒劳的，生死由命。

这对夫妻拖着两个孩子和一位老人，发着高烧穿着金属马甲，在冬季飘雨的天气甚至找不到打地铺的旅店。

雨里飘来琴声，那是梁思成熟悉的小提琴，在曾经优渥的日子里，他时常以此为消遣，他冲进夜里循声而去，觉得拉琴的人一定来自北京或上海，也许能被说动提供一些帮助，于是，他敲了客栈的房门。

琴声戛然而止，门里，八个穿军装的年轻人望着门外陌生的梁思成，听明白来意，他们热心地腾出一个房间，林徽因已接近昏迷，一进门就躺倒在床上。

八个年轻人是杭州笕桥中央航校第七期学员，1937年之前，中国能走出中央航校的飞行员只有五百名左右，都是菁华中的菁华，抗战爆发后，这批新学员接到命令撤往昆明，在巫家坝重新建校。

当天夜里拉小提琴的黄栋权，是广东新会人，与梁启超同乡，当然对梁思成的名字不陌生，其余的人父母还生活在沦陷区，战火隔断了他们与家庭的联系，梁思成和他们之间产生了类似兄长与晚辈的感情，林徽因自然成了学员的姐姐，即使在病中，她在学识方面的谈吐也让知识青年无法抗拒，而且她真的有一位航校弟弟，三弟林恒已经考取了中央航校，编入第十期学习班，不久也将赴昆明继续学习。

毕业典礼这一天，未来的飞行员们一致请求林徽因全家前来观礼，因为无法与沦陷区的父母取得联系，梁思成和林徽因担任了他们的“名誉家长”，坐在主席台上，就像真是他们的兄嫂一样发表讲话，然后抬头看着自己的八个兄弟，驾机升空迎敌。

但是，他们一个都没有回来。

在与飞行员弟弟的相处中，建筑学家林徽因知道了老鹰式七五飞机（又称寇蒂斯·霍克七五）要比他们现在驾驶的老古董先进得多，为了抢高度，飞行员们要驾机一圈一圈拉升到高空，以便从比敌机更优势的空间俯冲下来，扣动机枪扳机。日本飞行员则不用浪费这些时间，直接就能冲上天际，飞机性能上的巨大差异，使得中国飞行员如果在空战中丧失了第一次俯冲射击的机会，就只能忙于躲避身后的机枪炮弹了。

这些教了林徽因夫妇航空知识的弟弟，全部以身殉国，因为找不到家属，只知道梁思成和林徽因是名誉家长，八个飞行员的包裹全部寄到了梁家，久病的林徽因大恸了八次，还有一次，是弟弟林恒的噩耗。

梁思成带回了林恒所架飞机的一块残骸、他生前穿过的军礼服，还有一把毕业纪念佩剑。

国破家仇在前，当梁思成夫妇提出保护日本京都和奈良时，在当时的人们看来是一个难以理解的决定。

梁思成的弟子罗哲文记载，他拿过来一些图纸，让罗哲文根据他事先用铅笔标出的符号，用绘图仪器绘成正规的地图，铅笔标出的都是古城、古镇和古建筑文物的位置，还有一些地图甚至不是中国的，当时罗哲文虽然没有仔细辨识，但有两处他印象深刻，那就是日本的古城京都和奈良。

在梁思成、林徽因眼里，那同样是人类文化遗产。

能把输赢、生死、国仇、家恨统统抛到一边，一视同仁对待敌人家的财富，这得心多大?

与此相比，我们自己生活当中的那点小事，又算什么呢?

3. 心大，才能装下自己与别人的苦衷

很少有天生的“心大”，尤其女人，往往需要和天性里的小心眼斗争很久，才学会不太计较细微的琐事和偶尔短路的别人，甚至能够放下很多外人眼里的“大事”，用相对和缓的心态，推动生活

平稳向前。

谁没有遇到过晚点的飞机？也许只是因为航空管制。

谁不被乱开的车抢过道？也许他实在赶时间。

生活参差不齐，谁多少没有点委屈和苦衷呢？

内心太紧张，心眼就会变小，心灵就会变硬变脆，时间久了变成玻璃心，总是疑心自己被世界慢待，甚至生出几分被迫害妄想症，随时随地活得剑拔弩张，还不一定能解决问题，何必呢？

有些伤害，未必针对你。

有些怠慢，或许是无心。

少想些杂事，多装些正事，心大的女人，才能着眼全局，考虑周全。

拆解开来，生活里有几件大事真正值得女人计较呢？

更何况，不计较的女人未必得到的少啊。

爱情究竟属于谁

一个朋友问我什么样的女人才适合谈爱情，这让我想起自己特别失败的一次姐弟恋。

那时，我21岁，被一个16岁的高中男生表白，他和我住在同一个院子里，从小我看着他长大——我主观地认为姐弟恋得相差4岁以上，小于4岁基本上是同龄人，大于4岁才有真正的年龄感和思维方式带来的冲击。

而且，作为一个数理化巨烂的文科早熟少女，我三观极其正点，我的偶像是李政道、杨振宁、钱学森、袁隆平等老一辈科学家，所以，我梦想中的欧巴是年长的理科学霸，小弟弟这样的年龄差在我的爱情观里永远处于视平线以下。

所以，我毫不犹豫地拒绝了，并且正能量地叮嘱他好好学习天天向上，考上211院校，不辜负家长和学校的期望，还大度地表示，如果写作文、阅读理解之类遇到困难，可以拿来问姐姐。

坏就坏在我自以为是的叮嘱上，在未来的人生中，我吃一堑长一智地明白，拒绝style就应该像秋风扫落叶一样不留情面坚定彻底。

我小天真地以为这件事就这样结束了，大家都知道，有一个情绪复杂的汉语词汇叫“但是”，我遇上了“但是”。

一个周末，我奶奶买菜回来恼羞成怒地把我叫进房间，问我对隔壁的弟弟做了什么。

苍天大地，我一个21岁的少女能做什么?

我奶奶神秘兮兮地拿出一个卷起来的东西，打开，一幅巨大的我的照片，像当年的莫文蔚海报那么大，我惊呆了。

我奶奶说，那个小男生的房间从上个礼拜起挂满了这样的照片，不知道从哪里搞来的，他奶奶和我奶奶一起买菜的时候抱怨：这得花多少钱啊!

于是，我奶奶愧疚而主动地付了半个羊腿的钱。

瞬间，我明白了爱情的分量。

其实有时候也就是半个羊腿。

我奶奶说：去，你赶紧去跟他讲清楚，他奶奶说太影响学习了。

我硬着头皮把他叫出来，准确决绝地拒绝，他看上去听明白了，后来我知道，他确实只是“看上去”。

第二天晚上，我接到一个陌生男孩的电话，稚嫩的语气，质问我：“你为什么不喜欢×××？你知道他多喜欢你吗？你知道我们全班都知道他多喜欢你吗？我们全班都被他感动了。”

我虽然没有逻辑，但我喜欢有逻辑的人，这样的对话在我的理解能力之外，我没有说话，默默听完，对话筒里的小男孩说：“在年龄上我是姐姐，所以，我能原谅你说的话，但是你的话对我没有用。”

我的话对他也没有用，每一天，都换一个男孩给我打电话，用各种不同号码，我接到以后确定还是他的同学，就说声对不起，然后挂断。

直到有一天，打电话的人换成了一个有礼貌的女孩。

她在听筒里细声细气地说：“你是李姐姐吗？我是×××的同学，我知道他喜欢你，可是我喜欢他。”

哦。

这是我没有想到的状况。

这是我聊了很久的电话。

然后，我们约定在我家附近见面。

她有着少女特有的清瘦和干净。

她坐在我身边说着自己对×××的感情，原来×××成绩很好，原来×××是灌篮高手，原来×××歌唱得棒极了。她说得满脸光彩，我突然觉得，爱是光芒，可以让爱着的人神采飞扬，也可以把被爱的人修饰得气宇轩昂。

原来你眼里的沙子，很可能是别人的珍宝。

我问她×××知道她喜欢他吗。

她摇摇头：我就是看不得他平时挺正常挺优秀的一个男生，因为你做了这么多想不到的事，我想让他正常起来。

我问她为什么不让×××知道她的心意呢。

她眨巴眨巴大眼睛：茨威格的《一封陌生女人的来信》里不是说“我爱你，但与你无关”吗？

我瞬间烧脑，好吧，少男少女，你们不要被毒害了，爱一个人是要让对方知道的，又不是古代，有封建恶势力阻止你们在一起。

还有，禁止早恋是反人性的，因为禁止不了啊。人不能假装喜欢一个人，更不能假装不喜欢一个人，早恋并不是学习的洪水猛兽，成绩该不好的怎么着也好不了。

我说：你喜欢他又不让他知道，还来缠我，这样真的好吗？

她说：爱情又不是讲条件，我喜欢他就是想让他好，我就是想看看，你有没有喜欢他的可能。

说完，她很紧张，很怕“有可能”，又有点担心“没可能”。

我心里一暖，笑了：我帮你跟他说你喜欢他好吗，你们挺般配的。

她一下担心起来：我害怕被他拒绝啊。

我乐了：胆小的人谈什么爱情？！

她红着脸鼓足勇气：那，谢谢姐姐，只有勇敢的人才能谈爱情！

于是，我做了一件特别得意的坏事，撮合他们在一起。

而且，经过了十几年，他们依旧在一起，我们常常坦然地聊起半只羊腿和那些无厘头的电话，他们俩是一对多么好的爱人，陪伴彼此走过最年轻的、最辛苦的、最贫穷的、最收获的季节。

直到今天，我依然记得那个16岁的纤巧倔强的小姑娘对我说：勇敢的人才适合谈爱情。

是的，在成年人的世界里爱情越来越稀有，年长除了意味着成熟，还意味着世故，看清看透看破的人注定没有爱情，她们眼里只有要求：身高多少？收入多少？家庭怎样？有房有车？父母什么职业？

这些，谈的不是恋爱，而是条件。

爱情是一种执念，它不是用你的条件去交换别人的条件，它是用你的感情善待别人的感情。

勇敢的人才会有爱情，软弱的人只会开条件。

就像勇敢的人才会有理想，软弱的人只会有现实。

还有，爱情像世界上一切美好的东西一样，没有人会把那么棒的东西放在金盘子里端到你面前，然后求你收下，美好的东西都需要我们自己去争取。

鲍勃·迪伦有一首歌叫《答案在风中飘荡》（Blowing in the wind），是美国民谣史上最重要的作品，有句著名的歌词："一个男人必须走过多少路，才能成为真正的男人。"

女人也一样，爱情里没有足够的勇气吻青蛙，就不会有最终的幸运吻王子。

爱情只属于为自己的甜蜜而主动努力的姑娘。

打不过的敌人，就是朋友

我曾经的工作是财经记者，采访过一些看上去无所不能的强人，尤其是“女强人”，K是让我印象深刻的一个。

那时，我们已经超越记者和采访对象的关系成为朋友，即便如此，我依旧对她白手起家创造一个产品王国钦佩不已，在我心里，她是所向披靡的女人，于是，有一天下午，在她办公室里，喝着她农庄的新茶，我问她：“有什么事情难倒过你吗？快说来让我们普通人高兴高兴。”

她笑起来：“大把大把的，包你听了开心一个月，今天说件让我触动和改变最大的。”

我好奇这是怎样一件事。

“我儿子15岁迷上打游戏，我用尽各种方法都不能戒除他的痴迷，断零用钱、劝说、跟踪，甚至忍不住打骂——你知道我不打孩子的，可是，那段时间我控制不住甩了他耳光。

“我们之间完全变成对抗关系，我暴跳的时候他的眼神特别平静，好像激怒我是莫大的成绩。甚至有一次，他挑衅嘲讽地笑着说：妈妈，你不是特别‘能’吗，原来也有做不到的事啊。

“这句话把我讲醒了，对一个充满敌意的叛逆期的孩子，针锋相对没有用，硬碰硬不灵，得换个方式。

“我问他：你特别想打游戏吗？

“他说：是的。

“我说：好，做事要专注，既然你这么喜欢打游戏，就好好打，我先在学校给你请一段时间假，专门打游戏，如果你认为游戏比学习更有意思，就休学打，但是，你得答应我，打游戏要打出你这个年龄最高水准，跟上学一样，凡事要么别做，要做就全力以赴争取最好。

“他有点蒙，不太相信我说的话，觉得我在耍花招。

“我接着说：儿子，你还有三年就是成年人，现在的个头快赶上我，妈妈精力、体力都不如你，但是，妈妈最希望你快乐——不是一时的快乐，是能安安心心快乐一辈子，我们为了打游戏闹成这样，妈妈觉得不值，所以成全你，让你打。从明天开始，我们不上学，你愿意什么时候打游戏，妈妈都陪着，你打游戏，我工作，就当没有我这个人。你以后求学、恋爱、结婚，我们母子俩在一起的机会越来越少，现在，让我多陪陪你吧。

“他低下头，表情不再抗拒。

“我拍拍他的肩膀，生疏了那么久，第一次轻声说：妈妈爱你。

“他稍微躲了一下，但并没有拒绝我的亲昵。

“第二天，我陪他去游戏厅。

“起初，他特别不好意思，我在旁边用手提电脑工作他还挺拘谨的，很快，进入状态就轻松多了。第二天，还给我科普游戏知识，我反应慢就骂我笨，我想吃零食想喝水，都支使他去买，重要的工作电话我就到门口接。

“一个星期以后，他对我说：妈妈，你工作真挺辛苦的。

“我说：你高兴，我就不辛苦。

“他当时没说话，过了几天，突然对我说：以后我先陪你工作，你再陪我打游戏吧。

“我暗暗吃惊，改变来得比想象的快。

“第二个星期，他先陪我上班，我再陪他去游戏厅。

“我给他看我们的产品，解释企业做了哪些事，以及我平时的工作，我说，妈妈确实累，但是做自己喜欢的事，还有你和弟弟在身边，就很宽慰。

“他没应承，中午吃饭，把自己便当盒里的菜默默夹给我，说：你爱吃的西蓝花。

“我有点感动，两个礼拜，他就知道我爱吃西蓝花了。

“第三个星期，他陪我上班的时间越来越长，我工作他看课本做作业，还主动要求我联系老师咨询功课。

“他偷偷留心我杯子里的水，没了立刻帮我加；悄悄观察空调的温度，冷了热了都主动调整；甚至，他隔两个小时就跟我撒个娇：妈，休息下，陪我说说话吧。

“我在他面前也不像个妈，我跟他撒娇，支使他干活，他忙得乐颠颠的。

“他变得像个小暖男，我们的关系竟然逐渐融洽。

“第四个星期，他居然主动要求回学校。

“我没有刻意问他转变的原因，我们就像有默契一样，他说我应，默默帮他联系好学校，收拾学习用品，开车送他去上学。

“下车的时候，他突然抱抱我，说：妈妈，不要太强了太能了，要给别人留个缝隙爱你。

“这话让我心里一颤，15岁的孩子成熟得像个大人。

“打游戏这件事我用了我的办法，对其他孩子未必有效，但是，儿子的话让我反思，什么是‘无所不能’的女人，什么是‘强大’的女人。

“以前，我总觉得强大是征服，是战胜，是纵横捭阖的力量，那一次，我觉得，强大不是对抗，是‘天街小雨润如酥，草色遥看近却无’，是百炼钢成绕指柔。”

强大的女人习惯用对抗解决问题，去战胜所谓的对手，其实，生活里更多是无法战胜的“敌人”，比如注定流逝的岁月，比如在一段时间里不太理解的爱人，比如叛逆期的孩子，比如总也搞不定的工作，和似乎南辕北辙的客户。

这些都不是用“强”可以解决的问题，他们更需要你露一个破绽卖一个乖，让自己有出口，让他人有入口，你轻松了，别人和你在一起才会放松，气氛和缓，问题才好解决。

而给自己和他人都留下足够的缝隙，生活才能游刃有余。

女人的目标可以硬一点，但是身段可以软一点。

打不过的敌人，就是朋友。

树敌太多，举步维艰；针锋相对，两败俱伤。

能化敌为友，和生活握手言和，是大智慧。

那个下午，我喝着茶听着一个“女强人”的经历，突然想到另一个女强人的故事：

有一次，撒切尔夫人回家很迟，没有带钥匙，她理直气壮地敲着门，丈夫在家里问：请问是谁？

她大声回答：“我是英国首相。”

半天没有回应。

她很快意识到了，轻声说：“丹尼斯，我是你的妻子。”

门很快打开。

强大的不是英国首相，而是“我是你的妻子”。

就像强大不是硬碰硬，而是柔韧地坚持。

5.

不完美，却依旧美

该发火的时候发火，该笑的时候笑，该流泪的时候流泪。

成为一个相对真实，确定性很强的人，

尊重自己本来的样子，就是对生活最好的交代。

气质是比气场更高级的东西

1. 气质让你美丽，气场让你有影响力

我进入职场的第二个上司是位女性，她和男上司有很多不同之处，比如：她非常女性化，态度并不强势，却依旧充满权威感。

每天看到我的女BOSS是件特别赏心悦目的事，她把一头大波浪打理得整齐汹涌，在咨询行业这个男人居多的领域独树一帜，衣品很棒，所有服装，无论西服、长裤还是裙装都有曲线，不是把女人装进男性化的服饰里强调高管的权威，而是女性的坚持，有女人味，但绝不卖弄性感，手表、包、项链等配饰没有闪瞎人眼，却充满质感。

她午休时间走出办公室和大家聊天，却能在休息时间结束时收回娱乐话题，恰到好处地把主题从指甲油移回PPT。

她很快成为全体女员工的偶像，包括我。

当时，我毕业一年左右，虽然总体表现不错，却依旧是个“小人物”，我很想知道怎样才能像她一样逐渐长“大”，我能感觉到她于公于私对我的善意和满意，于是，在一个临近下班相对轻松的傍晚，对她说起我的困惑。

她思考了几秒钟，拿起白板笔，走到她办公室的白板旁边，说：

筱懿，我刚工作时有和你同样的困惑，后来我逐渐发现，从“小”人物成长为“大”人物，你需要的是既有女人的“气质”，更有女人的“气场”，而现在，你只有“气质”，没有“气场”。

我很困惑，确实有人夸过我气质不错，斯文有礼，但“气场”是什么样子？

我的女BOSS接着说：

气质，是自己与生俱来的特质，与自我有关；气场，却是你对他人的影响力，需要很多条件的支撑，比如：专业、信用，甚至外貌。

你的气质不错，但是今天，我教你修炼女人的气场。

然后，她笑了一下：

接下来我的话未必好听，但我希望对你有用。

第一，在你的领域做到尽可能的牛，别人会尊重“高手”，但不会高看“常人”，主动掌握自己的工作和生活，能不被他人左右，才能影响别人。

很多女人把职业当成敷衍而不是责任，我说的职业不仅在职场上班，同样包括在家做全职太太，能把全职太太做好，能照顾好全家老小的衣食住行吃喝拉撒，理财、社交都在行，谁也不敢轻视这样的女人。

能力没有到达高水准，就不必要求别人的态度达到高水准。

第二，对说过的话负责，说过的话不是泼出去的水，是泼出去的屎，再难吃，你也得咽了，这是你的信用。

女人特别容易在信用上迷糊，觉得一点小事爽约又怎样？可是，人为什么要有信用卡呢？不就是信任感的点滴积累吗？对自己的承诺都不守信，小事都做不到，让人怎么放心交给你“大”事？永远做细枝末节，永远成不了“大”人物，当然，假如能把小事做到极致，你就是匠人。

第三，举手投足像一个重要的女人，买力所能及范围里最好的物品，还要学会照镜子。

她停下来微笑地看着我。

对于最后一点，我心里一百个不服：我还不会照镜子？我就没见过几个比我还爱照镜子的女孩，凡是能反光的东西，无论是块玻璃还是张塑料纸，我都要瞄几眼，看看自己光辉灿烂的形象。

她显然看出了我的不服，悠然地补充：

女人照镜子不仅为了让自己更美，看到自己最好看的样子，而且还需要了解自己什么时候最丑，哪些表情、动作最难看，记住那些根本不能出现的举止。

明白优点能把好处发扬光大，可是，了解缺点才能保证不会作死啊，你有时候会作死，懂吗，自作死，就活该丑。

好的外貌、仪态和状态，会为你的气场加分。

我的女BOSS美丽娇艳的外表下架了一座小钢炮，对准我的弱点tututu，再给出一记摸头杀，抚平我内心的创伤。

但是，至少，我知道了自己从气质到气场努力的方向。

2. 气场和气质一样，是独属你的标签

2016年9月21日，Facebook首席执行官扎克伯格和妻子普莉希拉·陈在网上预告，将推出一则“大新闻”，所有人都以为扎克伯格要启动新项目，可是，9月22日，站上讲台的却是普莉希拉，她代表夫妻俩宣布他们将在未来十年投入三十亿美元资助科学家攻克世界上最主要的疾病，期望下一代人少受疾病折磨。

这个说不上漂亮的女人嫁给扎克伯格时，很多人质疑，年轻的富豪为什么要娶她？

被她的气质和气场打动之后，几乎所有人都觉得，这是一对太般配的夫妻。

普莉希拉从中学开始就是优秀学生代表，大学进入哈佛学习生物专业。Facebook爆红时，扎克伯格从哈佛退学，专心地做事业，普莉希拉一直在背后支持，而此时的扎克伯格已经赚到人生第一桶金，完全可以让她衣食无忧，但她并没有停下自己往前走的脚步。

2012年Facebook在纳斯达克上市成功，第二天扎克伯格FB主页的婚姻状态也从单身改成了已婚，白手起家、全球最年轻的亿万富豪，婚礼就在自家后院，出席宾客不到一百人，而在这之前普莉希拉还在北京协和医院默默无闻地做了几个月小实习生，连去上海看望来旅游的男友都想方设法地请假。

Facebook上有一项器官捐赠功能，这项功能上线后的24小时内，就有三千九百人在网站上登记成为器官捐献者，这个功能就是普莉希拉和扎克伯格在当晚晚餐聊天时决定的。

2015年12月1日，为庆祝女儿出生，这对夫妇承诺捐赠持有的99%公司股份做慈善，价值约四百五十亿美元。

单纯从外形上看，普莉希拉一定算不上美人，但是，她具有独特的打动力和感染力，她对教育和医学的热爱深深影响了扎克伯格，甚至很多陌生人。

生活中或许有不少需要我们“硬、冷、倔”的时刻，但始终保持温暖，是一种能力和能量，也是普莉希拉气场的来源。

扎克伯格非常自豪地表达对她的爱：

外表的美会随着年龄贬值的，而内在的美是会随着岁月增值的。女性的容颜是她心灵的写照，她的笑容永远是清丽温和的。自从怀孕之后，她也完全没有在意自己的容貌因为怀孕而产生的变化，依然是朴素的穿着，不施粉黛，可是她的幸福我完全感受得到，也可以被所有人看见。我爱她的上善若水与真实质朴。我爱她的表情：强烈而又和善，勇猛而又充满爱，有领导力而又能支持他人。

我爱她的全部，我和她在一起，感觉很舒适很自在很放松。

漂亮的女人未必有气质，更未必有气场。

但有气质并且有气场的女人，一定不会难看。

3. 气质是倚天剑，气场是屠龙刀

“气场强大”是一句常用语，可是，气场难道只有“强大”一种类型吗?

普莉希拉的温暖，杨绛的智慧，摩西奶奶的通透，特蕾莎修女的坚定，林徽因的灵动，奥黛丽·赫本的美丽，张爱玲的才华，都是一种独特的气场。

假如气质是女人的倚天剑，展示你独特的光彩和锋芒，气场就是女人的屠龙刀，好像《倚天屠龙记》里传说的“武林至尊，宝刀屠龙，号令天下，莫敢不从”，它打动和影响环境的力度不亚于“屠龙刀”，却丝毫不野蛮和粗鲁，它用润物无声的方式传递你的思想、状态和观点，为你打开新的局面。

而女人，需要既活出自己的特点和风采，又拥有掌握生活、职业和情感的能力。

温暖是恰到好处的火候

1. 温暖 = 爱 + 分寸

我从来没想过自己33岁那年还能耐心听完一堂小学四年级数学课。

那次，我和陈老师一起参加“给乡村孩子上堂课”公益活动，她是全国特级教师，40岁左右，教龄却超过二十年，我以作家的身份教语文，她教数学，我们坐着简陋的大巴车晃悠着往山里开，她一路很少说话，带了一只简单的包，里面装着作业本，车不太晃时她批改作业，山路颠起来就闭目养神，一路话很少，偶尔听我们聊天，微笑，却不插话。

组织方之前告诉过我，她是这次支教最牛的老师，能让大学生津津有味地听小学课程。

那得怎样的技术和口才？我很好奇，于是去听她的课。

那天，她给小学四年级的孩子们讲“三位分级法”：千，数字后面3个0；百万，数字后面6个0；十亿，数字后面9个0……

她讲得神采飞扬，我和孩子们一样听得兴致勃勃，我发现她最大的魅力不是技巧和方法，而是她让你觉得她一直在关注你，无论你坐在教室什么位置，她的眼光都能看到你，那种目光暖暖的，带着心知肚明的了解——“别走神，我知道你在干吗”，不严厉，但绝不纵容，不尖锐，却自带气场，让人不由得不尊重，把精力集中到课程上。

孩子们特别喜欢她，课后依旧缠着她问各种问题。

直到下一堂其他老师的课开始，学生们才陆续回到座位，我很崇拜地问她：孩子们怎么这么听你的话？

她笑：拿孩子当猴子逗，他们肯定不喜欢。把他们当作和你一样的成年人，平等对待和尊重，讲道理讲利弊，有奖励有惩戒，加上老师的身份优势，效果肯定不同。

我说：很多妈妈也这样，孩子并不听话。

她微笑：你确定很多妈妈也这样吗？妈妈对孩子当然有善意，可是因为身在其中，很多人都缺少分寸，要么宽容得姑息，要么严厉得苛刻，爱的火候很重要，你自己什么样，孩子是投影，也会变成什么样。

没有分寸的爱会变成纵容和打扰，所以，对于妈妈，或者说对于女人吧，温暖特别重要，她是有尺度的善良，有节制的奉献，恰到好处的“度”让自己和别人都舒服。

你的善意、得体和要求，孩子有感应，也会有呼应。

作为以码字为职业的女作家，我经常被问道：什么是女人最可贵的品性？

任何事前面加个“最”立刻变得让人难以取舍，尤其这种见仁见智的问题。

大多数人觉得“善良”是女人最可贵的品性，可是，我见过太多不加克制不得体的善良，有时热情得接近于骚扰，有时没原则得像放任。

所以，陈老师的答案让我很服气。

2. 温暖是与生活握手言和的智慧

上海东平路1号的席家花园，是民国金融要人席德柄的故居，他担任过相当长时间中央造币厂厂长，在金融圈影响深远。但是，当年席家最出名的，却是七个明媚秀丽的女儿，尤其六小姐席与时，到了她这一代，席家早已富了四代，按照“富不过三代”的定律，好景已经不长，1937年抗战之后，优越体面的生活彻底被打破。

战时药品紧张，席与时12岁时母亲患伤寒去世，没过几年，她亲手照料的最小的妹妹席与韵死于车祸，她失去了两个最爱的至亲。

1948年，父亲席德柄送席与时到美国读书，自己也很快退休，和陈立夫等国民党要员一起在纽约郊区经营一家小农场，他们在国内的房屋等固定资产无法带出，家里经济状况直线下降，手上的股票也逐渐成为没用的东西，养尊处优的席家六小姐，必须换一种自食其力的新生活。

于是，她在学校主修社会学，辅修心理学，又去哥伦比亚大学的师范学院求学两年，考取教师资格证，同时学习盲文，进入纽约州最大的盲童学校当老师。

当时医疗技术欠缺，美国医院对于早产儿的养护通常用接氧气的方法辅助呼吸，但氧气输入量过大会破坏新生儿眼神经，导致很多早产儿双目失明，席与时所在的学校有三百多名这样的孩子，她由衷同情并且喜欢这些孩子，于是搬到校内，日夜和他们待在一起。

她耐心地教学生读盲文，天气好时，带他们去草地上唱歌做游戏，对待大一些的孩子，尽可能多地教他们独立生活技巧，孩子们和当地人都喜欢这个有责任心也很温暖的中国女人，当地报纸特地为她做了报道，标题是《她给了孩子更好的未来》。

1954年，席与时嫁给南浔张家的张南琛，家里的二叔公就是民国奇人、国民党元老张静江，只是那时张家早已败落，连度蜜月的四百块钱都是借的。婚后，席与时中断教学，拿出首饰贴补和照顾家庭，让丈夫有更多时间工作。

曾经花园洋房里的小姐，蜗居在两小间屋子里，儿子的小床没处放，只好架在浴缸上，但一家人依旧相互体贴，其乐融融。

教养和知识穿越乱世的尘埃，席与时的丈夫张南琛中兴家族，成为金融专家，在美国著名的史密斯信托公司工作多年后，创立自己的金融投资公司，80岁才退休。

这对夫妻儿孙满堂，2004年儿女为他们举办金婚盛典，三个孙子一起献上特大奶油蛋糕。

她古稀之年依旧衣着典雅，皮肤白皙，头发整理得纹丝不乱。

不谈往事时，笑得优雅温暖；谈起往事，笑得温暖沧桑，却从不抱怨。

她的一辈子，与其他民国名媛相比并不传奇，虽然经历了很多跌宕，却始终没有歇斯底里地与生活硬碰硬，貌似没有金光璀璨，但也没有鲜血淋漓。

3. 温暖，是以柔韧的方式改变世界

究竟什么是女人最可贵的品性？

善良？智慧？独立？

好像都有一些，又好像都不完全。

没有装防护网的善良，像赤手空拳面对残酷世界；

而莫罗亚曾说“光拥有机智是不够的，你还需要有足够的机智使自己避免拥有太多的机智”，说的是过犹不及；

独立得太硬，常常被折断。

“温暖”却自带分寸，是柔韧而持久的爱与坚强。

真正的成年人，不正是看到生活的残酷之后，依旧保持自己的温度和信心？

为什么不起眼的女人
比闪瞎眼的女人过得好

1. 有时候，花开无需太盛

十四年前，国庆长假接近尾声，公司的一位重要客户A总带着太太和孩子自驾旅行回程，路过我们所在的城市，临时打电话给我的女老板，他们不仅工作合作顺畅，私交也不错，于公于私，我的女BOSS都应热情款待，只是她的丈夫带着孩子去了外地，为了接待对等而方便，她带上我，并且叮嘱我安排个“一日游”，我花了很大心思选饭店、景点、交通路线、手信礼品，并且提前了解相关典故，打算既做好导游，也当好秘书。

这一行宾主尽欢，晚餐气氛尤其好。

我安排了一个非常有地方特色的私房菜馆，每道菜都有典故，我提前预习了故事，讲得绘声绘色。A总特别高兴，指着自己的女儿，一个比我小三岁正在读大学的女孩，说：年龄差不多一样学中文，你比筱懿差了可不是一点点。

我赶紧打圆场自谦：哪里哪里，我在学校特别老实，就知道死读书，工作后遇上好领导，是她调教得好。

A总大悦，转脸对我BOSS说：你这手下不仅工作利索口才好，还贴心。

我BOSS微笑：她刚毕业一年多，还有很多需要锻炼的地方，讲错话大家别跟她计较。

A总说：句句在点子上，哪有什么错话。

A总酷爱苏东坡的诗词，我投其所好铆足了劲唱和，从豪情的“老夫聊发少年狂，左牵黄，右擎苍”，到轻俏的“墙里秋千墙外道，墙外行人，墙里佳人笑”，还有哲理的“若言琴上有琴声，放在匣中何不鸣？若言声在指头上，何不于君指上听”，饭桌气氛热闹得像个小戏台。

一天时间在说说笑笑中结束，我心里很得意，觉得圆满完成了任务。

第二天，BOSS带我到酒店送别A总一家。

我这才发现，她这两天穿的都是平跟鞋，个头看上去和穿了高跟鞋的A总太太持平；她衣着随意简朴，淡妆，除了婚戒没有任何首饰，和平时的“霸道总裁”风格完全不同。

她全程挽着A总太太，不时照顾A总女儿，临别不忘与她们拥抱，单独送上别致的手信。

和她相比，我隐约觉得我做得不妥，觉得哪儿出了问题。

回程路上，她沉默很久开口：筱懿，你很优秀，但是，很多时候，花开无需太盛。

2. 真正的优秀，并不“刺眼”

有一位男作家被邀请参加笔会，坐在他身边的是一位年轻的女作家。

她衣着简朴，话不多，态度谦虚，丝毫没有高谈阔论，男作家不知道她是谁，从她的反应觉得这肯定是个不入流的作者，不然为什么这么低调，瞬间，他有了居高临下的自豪感，开口问：

请问小姐，你是专业作者吗？

是的，先生。

那么，你有什么大作发表吗？能否让我拜读一两部？

我只是写写小说而已，谈不上什么大作。

男作家更加确信自己的判断，得意地接着说：

你也写小说？那我们是同行，我已经出版了三百三十九部小说，请问你出版了多少？

我只写了一部。

男作家有点瞧不上地问：哦，你只写了一部，那能告诉我这个小说叫什么名字吗？

女作家平静地说：这部小说叫《飘》。

高谈阔论的男作家马上闭了嘴。

女作家的名字叫玛格丽特·米切尔。

她一生的确只写了一部小说，就是全世界女人都知道的《飘》，这本书原名叫《明天是个新日子》，临出版时米切尔把书名改成《飘》，也就是“随风而逝”——这是英国诗人道森的长诗《辛拉娜》中的一句。

小说1936年上架，立即打破了美国出版界的多项纪录：日销售量最高时为五万册；前六个月发行了一百万册，第一年卖出两百万册。随后，这本书获得了1937年普利策奖和美国出版商协会奖。

《飘》问世的当年，好莱坞就以五万美元当年的天价把《飘》改编成电影，1939年上映，主演是电影皇帝克拉克·盖博，和“上帝的杰作”费雯丽，仅仅在1970年代末，小说已被翻译成二十七种文字，在全世界销量超过两千万册。

在已负盛名的时候，米切尔依旧对狂妄的男作家说“我只写过一部小说”，就像当年她接受采访时表示的：《飘》的文字欠美丽，思想欠伟大，我不过是位业余写作爱好者。

她婉拒各种邀请，一直与丈夫过着深居简出的生活，直到1949年8月11日，和丈夫牵手出门看电影遭遇车祸，五天后逝世。

真正的优秀，并不是锋芒毕露，不留余地的“刺眼”。

3. 优秀是锋芒，卓越是内敛

十四年前，我的女老板告诉我：

筱懿，你可能不知道，A总的太太是业内最出色的财务管理专家，虽然她看上去并不起眼；A总的女儿在最好的大学读中文，古体诗写得不比现代文差，毛笔字都可以拿去直接做字帖。

昨天，你话太多了。

美人的高境界是美而不自傲，可是，这样的女人很稀缺，很多稍微好看一点的女人，都会给自己打个分数，待价而沽。

优秀的高水平是好而不自大，可是，这样的女人很罕见，太多稍微突出一点的姑娘，都会自视甚高，觉得自己值得拥有全世界。

假如优秀是锋芒，光彩照人艳光四射；

那么卓越就是内敛，就像打通任督二脉内功深厚的高手，从来不嚷嚷着满世界找人比武。

你很难知道自己对面坐着的人的真正实力，却毫无保留地表露了自己不怎么样的全力，这样不好。

她顿了顿，接着说：

我不喜欢女孩或者女人充满心机，处处藏着掖着假装愚钝。我想说的是，越优秀的人，越有平常心，就像大道至简，出类拔萃到了一定高度，反而泯然众生。

没有那么多看不惯，没有那么多优越感，没有那么多嫌弃，没有那么多不随和，只有看上去和普通人差不多的“不起眼”。可是，你怎么知道那些不起眼的女人，早已超越“优秀”，达到“卓越”的境界了呢？所以，她们才比“耀眼”的女人过得更好啊。

我想起自己不经夸之后的臭显摆，恨不得时光倒流，重新回到那张饭桌前做个安静的旁观者。

优秀是闪耀自己，卓越却是兼顾他人。

把人当成寻常人，就好相处。

把事当成寻常事，就好处理。

最难得的，是那些不寻常的“常人”。

长得好看究竟有什么用

曾经有一个沮丧的姑娘给我留言：努力有什么用？再努力也改变不了长得不好看的事实，难道去整容？

我没有见过她，当然不能简单粗暴地劝她整容，但是，她的问题让我想起一个相反的命题：长得好看究竟有什么用？

为了说得中肯，我也豁出去了，现身说法一把。

我长得还可以，有照片为证，所以，如果我用亲身经历来解释“长得好看究竟有什么用”，不至于太跑题。从小，我就符合我国传统审美观，浓眉大眼，五官立体，像印在饼干桶上的娃娃，我爸是个帅哥，我妈是个美女，我们仨出门逛公园隔壁老太太直咂巴嘴：“这一家子真俊！”

我报名上幼儿园，园长说招满不收了，结果班级的老师看见我，眼睛一亮：“这孩子真好看，我收！”于是，我破例进了幼儿园。夏天中午发冰棍儿，别的孩子一人一根，老师把她那根掰一半加给我，我偷偷吃到了一根半。园里各种表演，我都是领舞、领队、领跑，一领将近二十年，直到20来岁大学毕业。

幼儿园的孩子常打闹，我大班的某一天，早就忘了什么原因，小朋友们在厕所里起了争执，然后厮打，然后扭成一团，再然后我不知道被谁推进了蹲坑里，两手朝下，满身大便，臭不可闻。

孩子们一哄而散。

我嚎哭着被老师捞出来，简单处理后被爹妈领回家。那天，我妈从里到外丢掉了我所有的衣物，恨不得用酒精给我的头发丝消毒，连续很多天，我都觉得自己是臭的。

所以，当我回忆起幼儿园，不仅有一根半冰棍和领舞的特殊待遇，也有莫名掉粪坑的心理阴影。长得好看有什么用？既有冰棍也有粪坑，那些不可控的意外降临时，并不以好看不好看来区分应该砸谁不砸谁，而生活，充满了无法预测的未来，好事和坏事的比例就那么多，不用臆测坏运气怎样特别青睐了你，你只是不知道它多少次地降临到了别人身上而已。

高中时，我喜欢一个学霸，并且理所当然地想，我成绩也不错，还挺好看的，他一定会喜欢我。

但是，我想错了。

即便当时大家都觉得一个好看的女生，文章写得也不错，除了数学其他科目都是学霸，还是团支书、校运动会领队，在青春期的恋爱中充满优势和光环，但是，这些都改变不了他不喜欢我的事实。

一直到很多年之后，我还记得他拒绝我的样子：那一天，我写了一封长长的、用尽我所有才华的信，悄悄塞进他课桌，心如撞鹿；放学时，他叫住我，直截了当地说不喜欢我这款文艺少女，他喜欢我们班数学成绩最好的女生，他觉得她的眼神都透着聪明；我对他的坦率甚至没有假装不在乎的力气，分明听到了自己的初恋和自尊心同时碎成一地的声音。

从此，我很清楚，即便在爱情这件相当外貌协会的选择中，长得好看也并不会让女人占尽天时地利人和，感情有无数的可能，外表的吸引只是最浅表的那一种，美女的失恋几率，并不比普通女人低多少。

我的第一份工作是总经理秘书，在很多人眼里，这是个相当花瓶的职业，但是，我很庆幸我的起点是从秘书开始。

我的老板是个要求非常高的中年男人，上班第一天他告诉我：秘书是个可高可低延展度很强的职业，如果觉得靠脸能吃饭，秘书就是端茶倒水打字复印的青春活；如果觉得这是向行业里优秀的人学习的机会，秘书就是一块自带弹簧的职业跳板，能跳多高跳多远，取决于你用了多大力，而不是露了多少脸。

他的话让我思考，“长得好看”在一个女人的职业生涯中究竟起了多大作用，“好看”或许可以降低你初入某个领域的壁垒，但是，当你希望深入探索，最好把“好看”的偶像包袱甩到一边，拿出认真做事的劲头。

我的秘书生涯八个月后结束，因为我升职了，成为公司升职最快的新人，有一次其他同事开玩笑叫我“那个快速升职的美女”，我的老板很认真地说：她升职是因为烟灰缸擦得最干净。

我知道这是一句玩笑，却也并不仅仅是玩笑。

所以，长得好看究竟有什么用呢？

生活中的很多理所当然，后来都被证明不过是岂有此理，“好看”并不能通往一帆风顺的未来。

首先，“好看”只是个系数，这个系数乘以才华、阅历、智慧、性格、勤奋、眼界、自控力、教育程度等各项指标之后，才是一个女人在世界上拿到的真正得分。仅仅外貌指数高，就像学习上偏科一样，在生活的考场上同样拿不到高分，看看身边那些活得特别漂亮的姑娘，有几个仅仅因为长得特别漂亮？

其次，“好看”是一笔先天财富，可以让女人在起点上占有一定优势，可生活却是一场马拉松，前半场跑得不错的人不一定能坚持到最后的领奖台，甚至因为赛程太长变数太大，阶段性的成绩和总成绩往往关系不大，在人生的跑道上，那些长得好看的人不是路障少，而是路障放置地点不同——别人的路障放在起点，入门不容易；她们的路障放在中途，诱惑太多，坚持不易。

最后，美女在爱情里并没有绝对优势，就像奥黛丽·赫本说的，“外在或许能决定你们在一起，而内在却决定你们在一起多久”，她是一个那么好看的女明星，却对“美貌”的价值看得如此通透。

长得好看确实是件幸运的事，但是，假如没有这项好运也不值得太委屈，亦舒师太那句“真正的好看，是从来不把自己的好看太当回事儿”，无论对好看的女人，还是对样貌平凡的女人都是提醒：从“好看”到“耐看”，还有一段很长的距离。

这确实是一个看脸的世界，好在，这并不是一个只看脸的世界，美貌的作用，其实没有你想象的那么大。

请原谅我恬不知耻地举自己的例子，不是傲娇，而是，痛苦与幸运只有真实地发生在某个人身上，才有值得言说的话语权，道听途说的道理，很多都是隔靴搔痒的安慰。

真正幸运的女人，是拥有着外表好看的运气，以及内心通透的聪明。

扫一扫，收听有声版

一白遮三丑，腿长降四方

你明白腿短是一种怎样的凄迷吗?

我明白。

我就是。

别人说胸以下全是腿，我也全是腿，可别人的腿有1.2米，我的腿只有0.6米;

腿短的人个子一定矮吗?我很负责任地说，是的，因为我的腿让我输在起点，我不能指望自己的上半身比别人长30%;

还有，我不穿高跟鞋就无法直视70%的人的眼睛，我不直视别人的眼睛ta们会觉得我不真诚，可我不是不真诚，我只是矮，视线角度达不到;

另外，一群人拍合影，别人老说：你别把腿缩着!

但是，你怎么知道我其实已经努力伸到最长了啊。

总之，腿短，是我人生最大的痛点。

尤其，还要跟一个漂亮的大长腿姑娘一起，主持公司年会。

那时，我刚工作十个月，是个还算讨人喜欢的新人，表现不错，业绩体面，公司对我的认可方式之一，就是让我主持年会，和往届年会之花搭档，她是公司前台，担纲了四年年会主持，人美声靓型正，让我信心支离破碎的是，她有一双无敌长腿。因为赢在起跑线上，她比我高了二十厘米，我脑补了一下，我们俩站在一起就像霍比特女孩遇见精灵族公主，这个反差让我焦躁，我根本无法集中精力考虑怎样和她搭档，怎样一起把节目串得丰富有趣，我所有的注意力都放在：怎样看上去不那么矮。

为了不显矮，我穿了防水台最高的高跟鞋；为了掩饰小腿短，我选了一条几乎曳地的长裙；为了让大家不在意我的裙子和腿，我还戴了条夸张的项链吸引注意力。这些折腾耗尽了我的信心，一个缺陷明显的菜鸟，首次登台就要对阵经验丰富的孔雀，实在太悲催。

毫无悬念，我主持得一塌糊涂。

着装隆重得像上春晚搞五十六个民族大联欢，完全脱离了洋气的广告公司线路；台词因为没怎么对，非常不流畅；精力被“显高”这个烧脑的问题占据，根本抖不出原先设计的笑料和包袱。整个晚上我刻板得像木偶，连花瓶都算不上，花瓶至少还好看啊。

我老板看完年会摇摇头，问我：你的聪明劲儿到哪去了，既不自信，也不放松，更不好玩，呆呆的，满肚子心事，你想什么呢？

我很老实地说：我在想我的矮，和怎么看上去显得不那么矮，我要是高一点就好看啦，好看就自信啦。

我老板翻了我一眼：我也矮，但是多少人在意我的矮呢？大家在意我把公司管得好不好。你再不好看，丑得过林肯？林肯那么丑，都从来不刻意掩饰，他只发挥自己的长处。长处，听清楚了？

这是男人对待短板的态度，他们不是不明白自己的缺陷，只是，他们更清楚自己的优势，注意力集中在如何发挥好优势，反转局势。

就像假如林肯说自己是美国总统中第二丑的人，那没人敢认第一。他的丑，已经成为竞选障碍，每次都有人用外貌劣势攻击他，比如他跟史蒂芬生·道格拉斯一起竞选总统，道格拉斯指责他是个两面派，有两张面孔，他听了耸耸肩说：“如果我有两张面孔，我还会情愿戴这副丑的吗？”

他的自黑赢得了青睐，选民不再纠结他的丑，大家看到了他的聪明、风趣和坦率。

林肯不仅丑，而且穷，没有专车只好买票乘车，每到一站，朋友们为他准备好一辆普通马车去拉票，于是，他发表竞选演讲时说：

“有人写信问我有多少财产，我有一个妻子和三个儿子，都是无价之宝。此外，我还租了一间办公室，室内有桌子一张、椅子三把，墙角有大书架一个。架上的书，每一本都值得细读。我本人既穷又瘦，脸很长，我实在没有什么可依靠的，唯一可以依靠的就是你们。”

看看，这个又丑又穷的男人还超级会卖萌，他从来没想拼命粉饰缺点，他恰到好处地把缺点扭转成优势，转移了别人的注意力，拉近了和选民的距离。

而我自己呢，没错，我确实矮，但是除了矮之外，我优点也蛮多，我怎么就忘了这一茬呢？

你有你的一白遮三丑，我有我的腿长降四方。

女人原本各有优势，最怕的就是，你明明脑子好用，却总是羡慕人家脸好看，已经美到没朋友，还垂涎别人反应快，一定要用自己的短处比别人的长处，以卵击石，反差出一肚子的不自信不高兴。

能把手里抓到的牌打好，不盲目羡慕谁，不拼命遮掩什么，才是生活的高手。

所以，我努力做个积极的小矮人。

我腿短，但我头身比例不算太差，可以用高跟鞋调整；我已经矮了，就不能发胖，于是我很注意控制体重。

缺点只能减弱，不会增加价值，我也不能把所有精力都用在掩藏短处，还得发挥特长啊，有气质的矮子会独特一点，所以我多少看了点书，有特长的矮子会闪耀一点，所以我学会了码点字。

生活最大的沮丧，不是你有某个或者多个缺点，而是你的眼睛只盯着自己的缺点，紧张得不得了，忘记扬长避短。

女人特别大的懊恼，就是用自己的没有，去羡慕别人的拥有。

她有马甲线，但你烧得一手好菜；她男朋友挣钱多，可是你男朋友更顾家；她房子确实大，但你的家在市中心生活方便；她事业有成，但你工作轻松；她儿子成绩优秀，但你女儿乖巧听话。

假如换个思路，我们就不至于活得那么不高兴，那么紧张和用力。

就像当年，我拼命掩盖的缺点反而被无限放大，第二年，公司没有再给我机会做年会主持人。

可是，当“矮”不再是我的心病，事情反而有了反转。

在读书会上，一个特别可爱的女孩问我：“筱懿姐，为什么看不出你38岁了呢？”

我立刻高兴得不矜持了，龇牙咧嘴地说：“因为我矮，所以显小啊。”

大家一起哈哈地笑。

没有缺点值得成为心病。

除非你的心生了病。

放松一点，路会好走一点。

心在哪，人在哪，钱在哪

这是我参加过的最烂的旅行团。

2009年元旦，印度还是非常小众的路线，出于安全考虑，我生拉硬拽了好友，报了团从广州出发，到机场就傻眼了：现场一共八个人，四位去印度拜佛和买药的上海阿姨，两个结伴的江西摄影爱好者，还有我们俩。

因为人少，没有领队，一个墨镜男来收三十五美元小费。

我们以为这个团只有这么点人的时候，走过来两个闪瞎人眼的男人。

一个五十多岁，戴着镶钻金劳，无名指一颗很大的方形钻戒，箱子是RIMOWA银色classic flight，H扣腰带，我试图从他身上找出一件非名牌爆款，但失败了，大叔浑身上下充满去印度扬我国威的气场。

另一个是年轻男人，清俊斯文，看上去像大叔的秘书，全套比土豪低一个水准的名牌控。

他俩站在旅行团里，像一对金主。

人到齐出发，因为陌生，彼此都很矜持，大叔和秘书上飞机就不见了，他们现场升了头等舱。

到达新德里，情况比想象的还糟，导游不靠谱，迟到二十多分钟，中文很烂，嬉皮笑脸介绍自己的中文名字叫“莲花”，有两个女朋友。四位阿姨被黑熊一样的“莲花”吓住，接下来六天要跟这样不正经的人在一起安全感顿失，她们磨磨蹭蹭大声抱怨，商量要不要联系旅行社退钱回国。

将近六个小时的飞行，其他人精疲力竭只想到酒店休息，阿姨们还在不依不饶地讨论，大家都很烦躁。这时，土豪发话了：“我们聚在一起就是缘分，小杜是我秘书，名牌大学毕业，英语讲得好，你们不要怕，没有领队小杜就当个领队，去跟导游谈条件，不让大家吃亏，出来玩讲的是心情，钱花了心情还不好，你们亏大了。”

他的陕西话振聋发聩，全面压倒阿姨的上海话，所有人乖乖地跟着有领袖气质的土豪去酒店。

只有小杜，心情很复杂的样子。

一出机场大门，寒风凛冽，土豪一个激灵，问小杜：“这不是热带吗，怎么这么冷？”小杜苦着脸：“跟你汇报过印度北边和国内冬天差不多冷，你不信，就带了春秋天的衣服。”土豪挥挥手：“明天买！今晚暖气开足。”

莲花导游用不利索的中文表达：我们的空调是单冷。

土豪沉默了，他的金钱被现实打败，落寞的样子很反差萌。

我默默递过去两张暖宝宝：24小时发热，先凑合一下。

他扑闪着大眼睛：你咋办？救人先顾己。

我眼一翻：我有热水袋。

土豪龇牙一笑：姑娘人好，明天我买东西谢你。

我咧咧嘴：我要贵的。

他哈哈哈：谢人当然要买贵的，我最讨厌不讲钱只谈感情的屄人。

我文艺的心一惊。

接下来几天，土豪果然信守承诺，小杜当了临时领队，对“莲花”补缺补差威逼利诱，维持了这次旅行的基本水准。四位阿姨在小杜的帮助下买到了药，还有两位专业摄影师帮忙拍照，心满意足。

人在异国他乡，脱离了固有环境，心情放松心无芥蒂，想着没几天就散落天涯或许再不相见，也愿意说点真话表点真情，所以整个团其乐融融，每天都很欢实。

小杜顾不上的时候，土豪就跟着我，穿着好不容易在冬天的热带地区买到的名牌棉袄，他给我和小伙伴买吃喝，我们给他讲解景点，彼此都觉得很划算，返程前一天，全团到新德里购物补货。

土豪突然指着VERSACE（范思哲）店里的美杜莎头像问我：这个女人是谁？我虽然才华横溢，但难度在于怎样对一个土豪讲清楚希腊神话。

我考虑了一下，问他：你看武侠小说吗？

他兴高采烈地捣头。

我说：这个女人叫美杜莎，是希腊版李莫愁，她爱上一个男人，结果被别人拆散，她伤心欲绝，像白发魔女一夜白头一样，她的头发变成了蛇，她成了蛇发女妖，她发誓要报复，就去勾引其他男人，所有和她目光对视过的男人都会变成石头……

土豪打断我：太瘆人了。你们小姑娘，就容易为爱情想不开。

我看他一本正经感慨的样子很搞笑，故意逗他：

给你讲个故事，有个跟你一样的土豪，同时爱上两个女人，一个是老婆一个是初恋。土豪快死了，把房产、现金、事业留给老婆，交代她照顾好孩子；然后把初恋叫到面前，颤巍巍拿出一本书，里面夹着一片发黄的树叶，土豪拉着初恋的手泪流满面，说，这是我第一次见到你时掉在你头发上的树叶，我珍藏至今，这是我最珍贵的东西，送给你。

你说，土豪究竟更爱老婆还是更爱初恋？

我面前的土豪一拍大腿：脑子坏了！当然更爱老婆，只有小姑娘才会被这种事感动吧？我老婆说了，心在哪，人在哪，钱在哪。光说心里爱你，人和钱都不在，算个屁。

我不屑地撇撇嘴：说得好听，心在哪人在哪钱在哪，你到印度怎么不带你老婆？

土豪点支烟：我俩结婚的时候都刚20岁，公司是两个人一起办的，她特别能干，但是家里总得一个偏向主外，一个偏向主内，后来她在家照顾儿子女儿，牺牲很大，好在现在儿女大了，逐渐能分担工作，我和她这几年就是满世界跑跑，没去过没吃过没买过的东西尝试一下，我们去遍了欧洲、美国、加拿大、澳大利亚，这次到印度她没来，因为实在吃不惯印度的咖喱，我才报了团带小杜来，你看，我买的东西基本上都是给她的。

我想起，土豪一路买的包，确实都是女士的。

他把烟掐灭，慢慢地说：你说的书和树叶，能吃吗？能喝吗？不能。吃喝是基础，基础都没有，有什么爱情？让我看，所谓男人的成功，就是二十年后你还做着同一家企业，二十年后你身边还站着同一个女人，你的事业和感情都是长久的良性的发展。但这些，男人年轻的时候不太懂，老觉得别人混得好，别人的老婆好，光知道说好听的，可你们女人就吃苦了。感情不光是说得好听，更是做得好看。

我被土豪的深刻惊艳到。

他在购物袋里掏半天，摸出一个小小的香奈儿纸盒：用了你那么多暖宝宝还有叫不上名字的东西，我买了个卡片包表表心意，你跟我女儿差不多大，不要有心理负担。你看，够贵吧，有诚意吧，记住，钱也是一种诚意，不舍得为你花钱的男人和女人，都不会给予你太多实质性的帮助，更不要提树叶了。

我从来不假客气假矜持，接过小盒子，冲土豪挥挥：谢了。

土豪豪气地摆摆手：小姑娘，支持香奈儿活到今天的，不是你这样传承了她精神的女人，而是我这样为女人买了她的包的男人。

哈哈哈。

我笑死了。

这原本是我参加过的硬件最烂的团，因为不同的人，而成为一次特殊的经历。

心在哪、人在哪、钱在哪，未必是向你要心、要人、要钱，而是要两个字：“舍得”。

舍得的人，才会对别人好；舍不得的人，对自己都是苛刻的，何况对他人？

6.
爱，从来不是伤害

真正的爱情，未必爱得死去活来，或者恨得咬牙切齿，
而是在走过平淡的流年之后，依旧对彼此心怀善意。
拥有却不占有，相爱却不沦陷。

通透的女人不在错误的爱情里陶醉

1. 并没有几个“美丽的错误”

我参加过一次非常特别的婚礼。

新郎是我好友，新娘很快也成了可以说真话的朋友，之后，我才知道他们之间完整的故事，像一部韩剧。

那时两人还是男女朋友，女朋友想结婚，男朋友并不想，即便她已经怀孕，他却依旧觉得世界很大，值得经历的事太多，不想被过早圈住。

于是，很犟的川妹子一声招呼不打从男人的世界里消失，切断一切联系，不知去了哪里，男人也找过一段时间，没结果，就放弃了。

于是，他过起相当纸醉金迷自由放任的生活，直到有一天，突然倦了，想有个家，思念起失踪的女友。时间常常比美图秀秀还管用，自动过滤伤害与不快，把有瑕疵的过往，变成梦幻的憧憬。

实际上，真想找到另一个人，并不难，两年前他没有找到，或许因为当时没有用心。这次，他停下工作专注找她，打听到女孩家的地址，飞奔而去，惊讶发现，阳台上晾了一排婴儿的小衣服，第六感告诉他，这些衣服跟他有关。

对，犟姑娘居然生下孩子，做了单亲妈妈，女儿已经1岁多。

有什么比男人想成家的时候从天上连孩子都掉下来更大的惊喜？

他激动地上门求谅解，被拒。

再求；再被拒。

再求；再被拒。

再求，好了。

于是，有了那场感动所有人的隆重婚礼——新郎给予新娘的诚意、爱情和弥补。

婚礼上所有观众热烈鼓掌，包括我，觉得这个故事挺美，浪子回头金不换，连当年的错误都成了美丽。

直到有一次，我和那个犟姑娘单独聊。

她仰着脸问我：

筱懿姐，你觉得这个故事浪漫吗？呵呵，假如生活重来，我绝对不会那么做——当未婚单亲妈妈不是勇敢，而是我根本不清楚未来会面临什么，当我一个人为了孩子户口绞尽脑汁，我爸妈陪我进产房，给我带孩子，全家忙得人仰马翻，我觉得糟糕透顶却再也无法回头。

很多无畏，其实是傻大胆。

说实话，我后悔极了，并不是今天我过得不好，和孩子爸爸不幸福，而是这件事让我重新审视爱情和我的行为，一段错误的感情应该尽早结束，而不是抱着不切实际的幻想继续，假如他不来找我，我得为自己的行为付出多大代价呢？

我是个案，不是大多数，不值得羡慕，我没有带来更大的恶果是因为走运，孩子爸爸人不错，其实，错误就是错误，没几个美丽的。

那天，我们告别时，我抱抱她，她在我耳边轻轻说：

很多听上去周折而传奇的幸福，只是特例，搁在大多数人身上，都是大错。

独自带孩子的那些绝望的日子，我对自己说得最多的话是“不要冲动，及时止损”。

这个犟姑娘很难得，很多人撞了南墙都不回头，她在皆大欢喜的结局里还能反思自己的错误，我相信她以后不会有多少过不去的坎。

2. 从错误的爱情中走出，是自我修复力

语言和行为常常背道而驰。

“曾经沧海难为水，除却巫山不是云”的作者元稹，本人不仅不深情，还很绝情。他21岁和少女莺莺私定终身，莺莺赠送玉环并嘱咐“玉取其坚润不渝，环取其始终不绝”。可是，元稹进京后不久，为奔前途娶了三品大员韦夏卿19岁的女儿韦丛，韦丛生病未亡时，他又和大自己11岁的著名才女薛涛同居。

于是，韦丛十分知趣地病逝，让元稹有机会写下流传千古的“曾经沧海”悼亡诗，也不耽误他新鲜的爱情。

多少人曾爱慕他文字斐然的才华，可知谁能承受生活里他真实

的渣。

薛涛是唐代著名女诗人，姿容艳丽，才情灿烂，四万八千首的《全唐诗》收录了她八十一首作品，是唐代女诗人之冠，她还出过一本诗集《锦江集》，五卷五百余首，可惜在元代失传。

薛涛爱上元稹，为他写下“朝暮共飞还，同心莲叶间”的表白，憧憬和他双宿双栖。只是，好景不长，元稹调离，走时百般许诺，可惜一去再也没有回来，之后不仅娶了朋友的妹妹安仙嫔，大家闺秀裴淑，还爱上唐代流行乐坛著名女歌手刘彩春。

而薛涛，早已成为一个模糊的梦。

薛涛的看清和放下，经历了辛苦的挣扎，真正让她想通的，是元稹的朋友白居易写来的一封名叫《与薛涛》的信：

峨眉山势接云霓，欲逐刘郎此路迷。若似剡中容易到，春风犹隔武陵溪。

全诗的意思说直白点就是：你们永远不会在一起，彻底死了这条心。

一个著名的旁观者站出来，郑重地劝薛涛放弃，不要再等待元稹施舍爱情，字里行间还有微妙的隐射和攻击，是相当的羞辱。

薛涛心平气和，安静地了断情缘，或许她早已参透和元稹的关系不过是露水情缘朝生暮死，何必恩恩怨怨反复纠缠？看透之后，爱却不伤，伤却不颓，颓却不废，回到自己的轨迹重新生活，是真正的通透。

所以，和绝大多数坎坷而早逝的才女不同，薛涛余生平静，64岁安然离世。

与其说她智慧，不如说她自我修复力强。很多才女都是漂亮的玻璃娃娃，不禁摔，掉一次地便粉身碎骨。

3. 离开错误有多快速，遇见正确就有多迅速

爱情很特别。

做错一件平常的事，我们会反省自责，甚至自嘲有点傻，但爱情不同，很多爱错了人的女人反而体验到一种为爱不顾一切的悲剧美，情不自禁沉溺其中难以自拔。

可是，错误就是错误，哪怕看上去再美，也为今后的生活布下了暗礁，我们一辈子躲那些意想不到的磨炼和考验都躲不完，何必亲手再给自己埋雷？

我曾经觉得奋不顾身的爱情，才是纯粹的爱情，年龄渐长却越来越发现这个世界上值得我们顾念的东西太多了：父母、亲友、兴趣、爱好，甚至仅仅是你放在窗边的一盆赏心悦目的花，也比一个没有温度的错误的爱人有意义。

聪慧的人何必把自己放到艰难的境况里？

很多女孩说，不是不想走出来，是实在走不出来，放不下，忘不掉，心很疼。

可是，你真的尝试过摆脱吗？你真的像戒除毒瘾一样对自己下过狠手吗？

心里每天把那个人那段过去念叨几十遍，眼里含满眼泪怎么可能看得清来路和去路呢？

鲁豫曾经问邝美云失恋怎么办，邝美云笑说：我会把自己关一个礼拜，出来之后，就好了。

多么豁达和坚强的女人，爱错了都会伤心和痛苦，不同的是解脱自己和更新自己的速度。

其实，她把自己关起来的那一个礼拜，谁都不知道痛苦怎样滋长和消灭。

离开错误有多快速，遇见正确就有多迅速。

你是否觉得离开一段错误的爱情很难？

那或许是因为你并没有尝试迈开脚步，努力向前走。

其实你前男友过得挺好的

我的两次媒人经历都异常失败，不仅成功率为零，还成了终生客服，真是太㞞了。

第一个失败案例X，是个女生。

她曾经是我的采访对象，五年前我们认识时，她是个小有名气的室内设计师，长发飘飘非常撩人，却长了一张禁欲系的娃娃脸，笑起来还会羞涩，这是多么难得的品质，立刻激发了我对女生的保护欲，尤其知道她还单着的时候，我迅速把认识的单身男人用我的大脑处理器过了个遍，因为速度太慢，若干次死机之后过滤出了J，一个工作踏实挺有品位的公务员，于是，迅速介绍他们认识。

不幸的是，女生对男生情有独钟，男生对女生却没那么在意，经历了几个月的若即若离，最终没有在一起。

然后我就惨了。

作为这场不幸爱情的始作俑者，我经常半夜接到X的电话，乖乖女缠起人来就像秋雨，淅淅沥沥缠缠绵绵，关键是你不知道什么时候能停。她从来不放声大哭，总是气若游丝地问："你说，他为什么不和我在一起呢？"

我要是知道还介绍你们认识吗？我才是那个恨不得时光倒流的人，却只能万分歉意地倾听安慰。又过了几个月，爱断情伤的X准备去法国继续深造室内设计，我舍不得的同时，不厚道地有点如释重负。

几年后，X回来了，约我吃饭。

我特别高兴看到她还像从前一样好看，甚至额外增加了精致生活带来的女人味，我想她一定有很多趣事告诉我，毕竟五年过去了。可是，我低估了内向女人的韧劲。

J怎么样？结婚了吗？

五分钟之后，她立刻把话题切换到了疑似前男友身上。

我问她：你现在怎样？单身还是有男朋友？

她回答：我结婚了，他是个法国人，跨国婚姻总有难沟通的地方。

我说：本国婚姻，难沟通的地方也多，哈哈。

她又说：你能帮我约J见一面吗？

我毫不犹豫地拒绝：不能，因为你放不下，见面会尴尬，说不定还会出事儿，我不找这个麻烦。

她顿了一下又问：你能告诉我他太太是做什么的吗？漂亮吗？

女人似乎总有一个情敌情结，千方百计打听那个不爱自己的男人究竟讨了个什么样的老婆，结果无非比她更优秀或者不如她。其实，知道这些又有什么意义呢？如果比自己优秀，输得心服口服地气馁，感情破碎的同时自信心也缩水，未来岁月平白添堵；如果不如自己，输得意气难平地失落，心里痛骂那个瞎眼烂心的东西究竟看上对方哪一点，胸口依旧堵了口不服气。

两种结果都不爽，干吗要做那么没意义的事情呢?

我老老实实对她说了我的意见，建议她闹心的事少打听，前男友是最不靠谱的安慰剂，何况主动分手的前男友。

我们淡淡地分开。

没几天，我接到J的微信，X约他见面，一见就哭，诉说生活中种种委屈，为了不找麻烦，他不接她的话更不见她的人，默默分开。

我在心里叹了口气。

女人的狠劲常常放错地方，明知不可为而为之，并不是勇敢，是拧巴。

第二个失败案例，是我的校友，他和他前女友都是我大学校友，可是，当年我不过是撮合他俩看了电影中转了情书啊。

居然，他也找过来。

校友坐在我对面，举着手机问：前女友总给你发一些很难回答的问题怎么办? 比如这个——婚姻为什么这么没有意思?

我见识过两位校友的爱情，当年互相折了无数幸运星，写了大批质量上乘的情书，每天在课堂、食堂、礼堂门口互相等待，好得像连体婴儿，那又怎样? 七年后分手。校友目前和太太过着琴瑟和谐举案齐眉的生活，稳定的家庭为事业带来稳固基础，他已经在他的领域成为小牛人。

我问他怎么回复前女友，他把手机举给我。

男：大多数人的生活都是普通日子平淡幸福，别想太多，你老公很好。

我心想，这是急着撇清关系的节奏啊。

校友把微信继续翻页。

女：毕竟我和他年龄相差这么大感觉有代沟。

男：每个人都有优点和缺点，夫妻相处贵在求同存异，相信他是能够带给你幸福的那个人。

女：看来，你已经找到了能够带给你幸福的人了？

男：是的，我觉得我目前的生活很幸福。

女：……

对话到此为止。

看到一个女人傻傻的期待，和一个男人闪闪的回避，我心情很复杂。

我问校友：你们男人怎么看待老婆和前女友。

他嘴巴张了一会儿，说：那太不一样啦，老婆是自己人啊！老婆对男人来说是个重要岗位，我们其实很清楚自己要找一个怎样的人，她多大、多美、多能干，男人很务实。但是女人的爱情太缥缈，绝大多数女人都不知道自己要找一个怎样的人，或者根本不知道什么人适合自己，她们老说要感觉，感觉来得快去得也快啊，所以，女人的婚姻满意度总是比男人差。

大多数女人都认为得不到的最好，大多数男人都自我催眠得到的最好。

最要命的是，女人还经常有种幻觉，觉得那个曾经爱过自己的男人就该永远爱着自己，分手后就该过着食不甘味花不入眼的悲惨生活，无论何时自己想倾诉他都应该而且必须仔细聆听排忧解难？实际上呢，那个男人如今吃香的喝辣的，太太贤惠儿子聪明，生活美满事业有成，只有偶尔或百无聊赖或多愁善感的时候怀念一下当初的青葱岁月。

你的快乐不再需要他的分享，你的痛苦更无需向他展览；就犹如他的同情你不需要，他的热情你不能要，对于前男友这样一个物种，有什么好联系的呢？

其实你前男友过得挺好的。

他们很清楚，一栋楼第一次建不好，就是烂尾楼；有些人一旦错过，就永远错过。

他们并不希望给自己找麻烦，在感情里，男人永远比女人务实和现实。

想见前男友是种病，高发人群是目前没把自己活开心的女人。

怎样在分手时证明自己是个好姑娘

“筱懿姐，怎样在分手时证明我是一个好姑娘？怎么分一个体面的手？我珍惜我们的过往，真诚祝他未来幸福，毕竟，谁都不希望几年的恋爱换一个撕破脸的结局。”

这个问题把我看乐了。

亲爱的女孩，分手的时候有必要让对方觉得你是一个好姑娘吗？你这是分手，还是相亲呢？

有必要把所有细节解释得清清楚楚，掰扯得条理分明，各有苦衷两不相欠吗？你这是分手，还是打辩论赛呢？

有必要含着眼泪互道珍重，感谢彼此一路扶助，恨不能说声“后会有期”吗？你这是分手，还是预约炮友呢？

分手的结果有很多种，好合好散，念着对方的好重新开始，是皆大欢喜的一种，只是这种情形并不多，不然，为什么要分手呢？又不是罗密欧和朱丽叶，家族仇恨阻止你们在一起。

所有的分手，都至少有一方认为这段感情不再合适，假如另一方不这样认为，分开就有难度，于是，在所谓的气度与平静遮掩下，心里早已吐了几口老血，骂了几十声妈蛋，表面还要云淡风轻和你再做朋友，挺难为人的。

想不通的那一方，必然会争执和探究——我到底哪儿不好？把以往的细节一件件一桩桩拎出细数，说，你为什么要跟我分手，我这么好你为什么离开，我到底哪儿对不起你……感情这么唯心的东西原本就没有标准答案，让人怎么回答好呢？被问急了，只能说，你是个好姑娘，是我自己瞎了狗眼。

于是，你就高兴了吗？释然了吗？

那么，究竟怎样才能好聚好散呢？

至少有两个女人，分了我心目中漂亮的手。

曾经沧海难为水，除却巫山不是云。取次花丛懒回顾，半缘修道半缘君。

我们都曾经为唐代元稹这首悼念亡妻韦丛的爱情诗感动不已，可是，真实的元稹却是个地地道道的浪子，爱情荷尔蒙爆棚，情品极差。

贞元十六年，22岁的元稹遇见了初恋崔双文，也就是小说《莺莺传》中的原型崔莺莺，他对17岁的表妹一见钟情再见倾心，可漂亮聪明的崔双文却冷静矜持，不动声色。才子百爪挠心，用上了最好使的把妹利器：死缠烂打，并且绝食一周。女人特别容易被所谓以生命为代价的攻势打动——实际上，不把自己的命当回事的男人也不太会把你的命当回事儿——崔双文也不免俗地被感动，写了一首情意缠绵的约会诗："待月西厢下，迎风户半开。隔墙花影动，疑是玉人来。"

结果自然是：在一起。

只是好景注定不长。

男人的爱情，必然不能影响事业，当一个男人决定奔向大好前程的时候，他的爱情必定降温。元稹进京应试之后脑洞大开，觉得崔双文虽然才貌双全门第不低财产丰厚，但老母弱女，富而不贵，对他的仕途进取没有太大帮助，权衡得失之后弃双文而娶韦丛——韦丛的父亲韦夏卿是京兆尹，相当于首都长安市市长，因为功名，这个曾经为爱绝食的男人，毫不犹豫割舍了他的爱情。

元稹爱情事业双丰收之际，崔双文怎么跟他分手的呢？

这姑娘丝毫没有挽救自己注定成灰的爱情，她愿赌服输，收起深情，不发一语，另嫁他人，不再见这个曾经心动如今心痛的男人，在爱情的废墟上重建新生活。

若干年后，元稹厚着脸皮以表兄身份求见，崔双文坚决拒绝，又回应了一首诗：

弃置今何道，当时且自亲。还将旧时意，怜取眼前人。

这些经历，都被元稹虚虚实实写成了让他26岁就名扬天下的传奇小说《莺莺传》。

从前抛弃，现在何必再说？曾经并未珍惜，如今还是把爱放在眼前人身上吧。

这是一个被动分手的女人，可是，她分得有气度，她并不考虑怎样在分手时特别展现自己的情品，却自然维护了尊严，有再见的机会也不乱方寸。

这样的女人，当然是个好姑娘。

还有一个，是法国的女作家乔治·桑。

开列她的恋人名单，就像展现一部十九世纪欧洲文艺史：缪塞，法国现代最伟大的诗人；李斯特，匈牙利著名作曲家；肖邦，历史上最受欢迎的钢琴作曲家和演奏家。

乔治·桑比肖邦大六岁，分手的时候，他们已经在一起快十年，这十年里，肖邦的音乐想象力达到高度饱和，成为他鸣唱“天鹅之歌”的岁月，所以，他个人作曲生涯达到最高点，《降A大调“英雄”波兰舞曲》、《降E大调夜曲》等许多杰作都是在这个时期完成，那些抒情优美的夜曲和圆舞曲，基本上是为乔治·桑而作的，熟悉轻柔的旋律，烙印着乔治·桑的痕迹。同样，乔治·桑著名的田园小说《魔沼》，也诞生在她和肖邦共同生活的日子里，男主人公热尔曼身上不难找到来自肖邦的敏感纤细的特质。

可是，因为政见和生活观念差异越来越大，他们依旧分手了。

还是乔治·桑主动提出来的，她和他大吵一架，此后再未相见，哪怕他临终前想见她一面，她依旧没有出现。

只是，她听到他死讯时泪流满面。

我20岁的时候，觉得这个手分得一点都不漂亮，一点都没有人情味，可是，隔了十几年再回头看，乔治·桑有她特殊的聪明：分手的一场大吵，吵尽了委屈，该说的话都已经说完，不会淤堵在心里因爱生恨。临终时的一面又怎么样呢？见了就能扭转乾坤淡化所有过往的恩恩怨怨吗?

未必。

人生不会如初见。

所以，她选择了最自然状态的了断，不在乎给他留下怎样的印象，她在乎自己在这段感情中情绪的满足和表达。

这是一个主动分手的女人，她分得凛冽，但是忠于自己的内心。

这样的女人，难道不是好姑娘吗?

都不准备在一起了，让对方觉得你好还是不好，给对方留下怎样的印象，还重要吗?

他如果是宽厚的人，你即便嚣张无理他都会念旧情地包容。

他如果是计较的人，你再温柔贤淑，九好也抵不上些微细节上的一孬。

那些觉得前男友、前女友美丽无双，不可比拟的念头，多半是隔了陈年的烟尘，自带滤镜效果，PS出一个失真的对象，再拿来和真真切切的眼前人对比，觉得：还是前任好，一生忘不了。

其实，时光摁个快退键，你们还是分。

无论男人还是女人，最难忘的爱情永远是“得不到”和“已失去”。

既然注定失去，感情里的真实度和舒适度，永远比故作的姿态重要。

现在，你还需要在分手的时候刻意证明自己是个好姑娘吗?

坚决吓跑你不喜欢的男人

朋友有两类，一类是日用品，一类是奢侈品，日用品让生活接地气，奢侈品让日子开眼界。对于我，K是后者，我们相识十年，十年后当我看到满屏的网红脸时幡然醒悟，这不就是K吗？！难道十年前她就整过？我在她脸上摸了半天直接把她摸怒了：你知道天生尖下巴的痛苦吗？我就是因为没有旺夫相混到这两年才结婚好吗？好在你这种浓眉大眼终于滚出历史舞台，现在是我们蛇精脸独领风骚的时代，哈哈哈。

她得意地一阵狂笑。

这就是我喜欢她的地方。

长了一张被包养的脸，却只有自力更生的命，搁在别的女人身上不知道该多么委屈——女人的委屈也有两种，一种是“宝宝心里苦但宝宝不哭”，强作镇定和隐忍，浑身上下都透出铁骨铮铮的怨气；另一种是“全天下都欠了我哒”，恨不得把所有过上好日子的人赶尽杀绝。

这些，K都没有，她既有胸前四两，也有情义千金，还有因为性感好看而数年与烂桃花搏击的人生经验。她总结了“吓跑男人的三大绝招”——死心塌地爱着你、逼婚和借钱，是广大女性朋友差旅居家防身与职场的法宝。

第一招：死心塌地爱着你。

K曾经有一位良师，对她百般关照，起初她以为那是鲁迅对萧红式的欣赏，直到有一天，良师约她外出登山。

良师开车疾驰，一路分享人生经验如窗外飞奔的风景，然后扯到自己婚姻不幸福和太太没有共同语言，再然后，扯到问K愿不愿意和他在一起。

K观察了数分钟，确定车里没有第三个人，确定良师不是戴着蓝牙讲电话，确定那些不着调的话确实是对她讲的，她突然就平静了。

她没有暴跳，而是做出羞涩的样子："其实，你知道我这样的文艺女青年最渴望如兄如父的爱情，但是，我好担心自己一旦爱上一个人就无法控制，我会每天都想见到你，一想起你和别的女人在一起就百爪挠心，我会情不自禁到你的住宅外溜达，想跟你的太太聊聊天，让她成全我们，想在微信上秀恩爱，让所有人分享我们的爱，你会害怕我这样不可自拔的爱情吗？"

良师瞬间沉默，连车速都放缓了，钓鱼钓上一头鲸估计就是这种感觉，不到登山地点，他就把K放下，甚至，他从此极少出现在K的生活中，也再没有关照过她。

我听完感叹：失去靠山，你有没有后悔过？

K翻了个白眼：后悔个什么？哪有白吃的午餐。

第二招：逼婚。

有一段时间，K被一个有钱有闲情史复杂的男人追求，办公室经常塞满鲜花，路上频繁被无故追堵，心情有点焦躁，屡次拒绝都被对方视为欲拒还迎半推半就，她火了，约了对方在办公室附近的咖啡馆摊牌："我奶奶今年89岁，她人生最大的希望就是我赶紧结婚，所以，和我谈恋爱必须以结婚为前提，最好六个月之内领证，对老人有个交待，你行吗？"

鲜花男很快偃旗息鼓，他只想海天盛宴，却遇上非诚勿扰，有点崩溃。

我曾经问过K：万一他是真心的呢？你这么不矜持地把人吓跑了。

K呵呵：真心不是这种表达方式，过于戏剧化的情节不适用于普通人的生活，我们的日子是长跑，不是三两下就把爱情消费完了。

第三招：借钱。

K是个自己挣钱买花戴的好姑娘，但是，不代表她不喜欢收男朋友的礼物吃男朋友请的饭，所以，她对小气的男人有先天的排异反应，怕什么来什么，被视粪土如金钱的男人追求，也是一种别样的体验。

那个追求K的工作体面的男人从来没有送过一件体面的礼物，难得一个男人送的所有东西都像商场的赠品，有让人想扔掉再踏上两脚的欲望，K觉得这样的追求者必须迅速吓退，她描好眼线准备放大招。

"我最近出国旅行需要交五万存款证明，我的钱都在理财产品里，现金不够，你能先借我五万块钱应急吗？"

赠品男迟疑很久："我只有一万块，要不，你先打个借条拿去应急？"

K婉拒，之后赠品男消失了，她再次成功吓退了不喜欢的人。

我说：节俭不是坏事，很多好男人都很节约啊。

K说：我从来不想占男人便宜，但是，能借给你多少钱，基本上就是你在他心里的分量和价值，我觉得我至少比一万块钱要贵重一点点。

K拆解完三大招，我好奇地问她，有没有三招全放却依旧没有被吓跑的男人？

K说：有哇，我老公啊。

然后贱兮兮地甜蜜地笑：

“我老公追求我很久我都没找到爱情的感觉，就想对他放招。

“首先，我说，我是个很认真的人，要么不爱要么就死心塌地地爱，既缠人又磨人，你受得了吗？当时还不是我老公的他说，谁恋爱不是一心一意的，你缠缠我让我开开眼。这是第一次，没吓跑。

“然后，我说，父母不让我跟没有结婚打算的男人谈恋爱，他说，太好了，我父母也是对我这么说的。这是第二次，没吓跑。

“再然后，我说，我出国要交存款证明，他说，好呀，正愁情人节送你什么礼物，那就把钱一道打给你，自己买，别说我没用心。这是第三次，没吓跑。

“再然后，我们就在一起了。

“其实，当你向一个男人放了三大招，他依旧没有跑，那他真的是蛮喜欢你的。”

K说话的时候，突然有了点娇羞。

是啊，什么是爱你的人呢？

他不会惧怕你的爱，不怕你用尽力气地爱他，他没觉得你和你的爱是负担，用不着你反复揣测我是不是爱过了头不够独立啊；

他的感情是以结婚为前提的交往，他不会在你谈到婚姻的时候就流露出一副“我没准备好”的样子躲开，不会用一场无望的、没有期限的爱情让你等到心发慌；

他不会抠抠嗦嗦跟你搞什么AA制，生怕你多吃多占，恨不得和你订个协议每一分钱怎么花，你的独立是你自己的选择，他的慷慨是他对你的情分，没有情分的人，很难在一起。

有时候，三招能够吓退并不爱你的人。

有时候，三招也可以识别真正爱你的人。

这是我那个从来没有整过容的天生网红脸女朋友的经验。

律师眼里登对的爱情

一位读者问了我一个很棘手的问题。

她和男友热恋中，彼此深爱，正在筹备婚礼，这时，听说她过得很幸福而整个人都不好了的前夫出现了，强行把已经判给自己的儿子送还给她，她的生活瞬间被打乱，多了孩子，和男友的情感平衡被打乱，怎么相处都觉得别扭。

我的读者说：当年离婚，我坚持要孩子，前夫用尽一切办法不给我孩子，后来我担心拖下去对孩子更不好，答应他所有条件才解脱。他看我挂念孩子，又在探视方面做了各种限制和阻碍，为了能见到孩子，我也认了，现在又来这一出，我真不知道该怎么接。

世界上有一种前任，所有的出发点都是让你过不好，怎么办呢？

每个人，都会为自己的过往埋单，哪怕很沉重。

而成年人都有过去，即便不光鲜，也得咬牙跺脚付费。

我自己是个不缩头的人，所以欣赏有担当的人，那些我们生命中出现的奇葩难道不是我们自己找来的？既然是，自己挖的坑总得自己填平。

但我同样理解事情来临时的担心与惧怕，谁不想过更轻松更宽裕的日子呢?

我这位读者的问题不仅是个人情感，还牵涉到法律层面，我答应帮她问律师。

我的律师W，多年合作成好友，听了之后笑笑，说：我跟你讲两个现实案例。

第一个，是我拒绝了的案子。

那位当事人经济基础非常好，找我打官司只有一个目的：离婚，不要孩子。

他的太太也请了律师对打，目的也只有一个：离婚，不要孩子。

那个被父母双方嫌弃的孩子，是个脑瘫儿；而这一对父母，无论谁的经济能力都足够抚养一个有缺陷的孩子。

我还记得男的当时跟我说：你就帮我把这麻烦甩了，别的都好说。

孩子是女孩，才1岁多，母亲主动提出离婚，双方都不要孩子，双方经济实力相当。

这案子报酬丰厚，但是，我没接。

孩子是个人，不是一件东西，想要就要，不要就退；更不是互相伤害和谈判的筹码，为人父母，要有起码的责任和道义。

我听说这对夫妻当年也很相爱，感情破裂就是从生了一个有缺陷的孩子开始，双方都要强惯了，都无法接受自己挺光鲜的生活里有这么一个阴暗面，都觉得是对方家族基因有问题。你们情感作家提倡“势均力敌”的爱情，呵呵，我跟你说啊，这可是把双刃剑，一个人能“势均力敌”地爱你，就能“势均力敌”地恨你，因为旗鼓相当，恨起来更有杀伤力，那是无休无止的持久战，难分胜负，只有耗着。

我是当爸的，孩子是我的底线和软肋，这破了我的底线，所以，这个案子我没接。

第二个，是一个惊喜。

我的一位企业家朋友要结婚，女方小他十二岁，大家都觉得这是普通的“嫁个有钱人”的交易，并不看好这一对。企业家的业务在上升期，背后还有合伙人、投资人等各种工作关系，他的股权和财产已经不是个人利益，而是企业利益，所以，必须签订婚前协议，明确股权和财产归属。

你们作家擅长把冷冰冰的东西写得有人情味，但我们律师的职责是把热乎乎的东西变冷静，你知道，任何规定一旦变成法律的语言，都是很难听的，企业家和他的未婚妻到我办公室来签这份“难听”的婚前协议。

两个人手拉手走进来，事先确认协议时就很顺利，所以，他的未婚妻浏览过之后“刷刷刷”爽快地签名，这一签下去，就意味着她对很多财产和权益的放弃，企业家觉得多少委屈了未婚妻，说：婚房写你的名字。

未婚妻笑笑，说：我自己买得起房子，要你送干吗？我们都清楚彼此的缺点，你那么忙，不会有太多时间陪我；我个性强，你可能得让着点我的脾气，双方的缺点都知道，还愿意在一起，别的就更不值得生分和客气了。

两个人签完字，又手拉手走了。

未来谁都难说，但至少这两人现在还过得挺好。

讲完这两件事，W笑嘻嘻地对我说：

你以前写过一篇文章，好像是《爱情就是让他陪你去看一次病》，说这是医生眼里的爱情，哈哈，我们律师觉得“爱情就是让他陪你打一场官司”。

不爱的时候，仍然祝你幸福；知道你的缺点，仍然愿意和你在一起。

这可能是律师眼里的爱情吧。

你的读者，从法律上说，有各种各样的方式“退还”孩子给前夫，无论她怎样选择从道理上都站得住脚，但维持世界平衡的不仅仅是法律和道理，还有感情；孩子不是一件东西，是从你身上掉下来的骨肉。

意外的是，我还没有来得及告诉读者律师的建议，她主动联络我，声音里都是高兴：

男友让我把孩子的抚养权变更过来，接到我们新家里！他说，正好了却我的心愿，当时离婚没争取到孩子，现在送到家门口是幸运，孩子我们带，他会对孩子好，没花工夫捡了个儿子，便宜占大了。

她高兴地带着哭腔，我也蛮感动。

都是饮食男女，都吃五谷杂粮，所以，我从来不把人性看得多崇高。

再恩爱的情侣也有过相看两生厌，再和谐的夫妻也吵到过劳燕快分飞，有多少人的爱情可以像明星PS过的宣传照一样360度无死角？经历多了，你会发现很多善恶之争、好坏之争归到本质都是利益之争，无非金钱、美色、地位。

贪婪和反复的人性，比比皆是。

所以，我们会看到很多奇葩。

而真正的成熟，是看清看透不看破，蹚过浑水之后，依旧保持自己的温暖、原则和信心。

所以，世界上依旧有正常的爱情，有平凡但幸福的生活，有普通但善良的人。

扫一扫，收听有声版

那些不走心的情人节礼物

你收到过的最奇葩的情人节礼物是什么？

我把问题抛给几个姑娘，她们立刻热闹起来。

——理工男送的一对兔子，他们实验室买多了用不掉，导师怕浪费说送你女朋友吧，反正快过情人节了，他不仅送我了还把理由说一遍。

——他用西瓜子做的手链，外面涂一层他姐姐的指甲油，过年大家都在嗑瓜子，边吃边做不耽误时间，还问我喜欢吗。

——车载香水和车载摇头玩具，可是，我根本没有车，他也没有。

——意大利手工定制高科技垃圾桶，我琢磨了一天才知道怎么打开。

——一盆菊花……现已分手。

——一块卡地亚手表。画的。

——《家常菜的一百种做法》。老公送的。

——把我的生日设置成了他的银行卡密码，却不告诉我卡号。

——发五块两毛钱的微信红包。

我觉得答案比春晚都好看。

情人节发五块二的红包，还不如说一句免费的我爱你。

绝大多数女人并不物质化，可是，这并不代表她们不喜欢贵一点好一点的礼物。

平时不在意，但情人节和自己的生日，是她们心目中最重要的节日，男人在这两个关键时段犯小气确实天理难容，不走心的礼物背后是不走心的爱情，这样的爱情，谁愿意要呢?

三国时，繁钦有一首著名的《定情诗》，诗里一对恋人用各种信物盟誓，表达“非ta不可”的心意:

> 何以致拳拳？绾臂双金环。何以道殷勤？约指一双银。何以致区区？耳中双明珠。何以致叩叩？香囊系肘后。何以致契阔？绕腕双跳脱。何以结恩情？美玉缀罗缨。何以结中心？素缕连双针。何以结相于？金薄画搔头。何以慰别离？耳后玳瑁钗。何以答欢忻？纨素三条裙。何以结愁悲？白绢双中衣。何以消滞忧，足下双远游。

一千七百年前的男人，经济实力未必比得了现在，可送的礼物既上心又不寒碜：缠臂金、戒指、耳环、香囊、手镯、玉佩、同心结、簪、钗、裙衫、绣花鞋，很多东西，今天依旧是打动女人心的利器，不是因为值钱，而是因为走心。

什么样的礼物算得上走心?

同样是送礼，唐明皇差人送给梅妃一斛珍珠，本人并未亮相，可他却亲自送给杨贵妃华清池、和田玉和海棠宫，稀有指数基本上代表了他的情感浓度。

帝王不是大众参照物，再看看那些所谓穷酸的文人送些什么。

沈从文第一次到张兆和家拜访，礼物是一包书，一对有两只长嘴鸟的书夹，书托巴金选购，是托尔斯泰、陀思妥耶夫斯基、屠格涅夫等人的精装本英译俄国小说，为了买这些礼物，他卖掉了自己一本书的版权，可见，礼物并不便宜。

有分寸的张兆和收下了屠格涅夫的《父与子》和《猎人日记》。

我相信打动张兆和的，不仅仅是沈从文的才华和爱情，不仅仅是“我行过许多地方的桥，看过许多次的云，喝过很多种类的酒，却只爱过一个正当最好年纪的人”之类缥缈的诗句，还有，他愿意了解她的喜好，花心思送一份讨她欢喜的礼物。

同样是DIY，梁思成送给林徽因一面自制铜镜。

那是学建筑的他用一个礼拜的时间雕刻、铸模、翻砂做成的，刻着一行漂亮的小字：林徽因自鉴之用，民国十七年元旦思成自镌并铸喻其晶莹不玷也。

他了解她爱美，还有点自恋，晚上写诗都得点一炷香摆一瓶花，穿一袭白绸睡袍，面向庭中一池荷花。

这面镜子，既是礼物，也是懂得。

“横眉冷对千夫指，俯首甘为孺子牛”的鲁迅够严肃了吧，可是，大师也自己买电影票。

老上海时兴约在周四晚上看电影，由于周四换新片。请看电影的必然是大光明、美琪、南京等一流电影院，一定要事先预订好票，位子最好楼上第二排——第一排前面是过道；也不能临时去买票，万一要排队，让女朋友陪你一起等吗？再不巧赶上挂出“今日客满，明日请早”的牌子，票卖光了，实在扫恋人的兴。

于是，鲁迅也是赶早去买前排的座位，因为他的爱人许广平近视。

这些，都是走心的礼物。

那么，到底送女人多少价值的礼物才既能表达心意，又不廉价，也不贵重到让人接受起来有心理压力？每个女人都有自己的生活和消费水准，至少，礼物要与她目前的生活质量相匹配，与她的喜好相映衬，放进她的生活中，不显得奇怪和突兀。

实在观察不出，还可以问，一对男女，从羞怯谈感情，到坦然谈物质，从风花雪月，到现实生活软着陆，也是个质的飞跃。

所以，衡量一件情人节礼物送得对不对往往有两个间接标准：第一，她们愿不愿意用；第二，她们愿不愿意秀。

没法用，也没法秀的东西，通常都不对味。

对于女人来说，礼物和男人一样，被附加了很强的社交意义。

一件原本自己不太喜欢的东西，拿出去别人都叫好，不知不觉也会高看几眼，生出几分偏爱；本来敝帚自珍的物件，亮出来被一群人打击，除非心理特别强大，不然珍爱程度多少都打点折扣。

一个男人，自己原本未必觉得合适，父母亲朋一片夸赞之后，再看过去，已然顺眼很多；而本来自认灵魂伴侣的人，至亲好友全都反对，也难免内心忐忑，认同感受损。

那些越挫越勇的爱情，通常发生在婚前，婚后夫妻的幸福感，大多与周围人的评价成正比。

所以，爱情的定律既是：无论健康、疾病、富有、贫穷，我都愿意和你在一起。

也是：我愿意为你打开钱包。

所有不走心的礼物，都是既不关情，也不关钱。

7.

学会把“事故”变成“故事”

正常的生活就是，既不可能所有人都喜欢你，

也不可能所有人都厌倦你。

任何长久经营的事，无论是职业还是爱情，

克制、稳定、耐力、信心，都比智商和外貌重要。

谈感情伤钱

1. 能用钱解决的，就不要谈感情

曾经，我们是三个好朋友：我，A和B，但那只是曾经，A和B当着我的面绝交了。

我在媒体，A是理财师，B在一家大型国企负责宣传。我和A很忙，B很清闲，因为工作关系，B经常有各种各样的问题找我和A帮忙，比如找我帮她改企业宣传稿，比如向A咨询什么理财产品收益高，每当这时，她总会提起当年我们初识的时候，三个人如何情深意笃，人年龄越长越恋旧，多年里我们习以为常，觉得三个人这样喝喝下午茶聊聊天，挺好。

直到有一天，B再次向A咨询理财产品。

A呷了口茶，微笑着说：这么多年你咨询我的理财产品，平均年收益肯定超过6%，有没有想过给我分个红？

B脸色微变：我们这种关系还说分红？还直截了当谈钱那么俗气的东西。

我心里一惊，觉得A话里有话。A继续说：好朋友之间确实不必把钱看太重，但是丝毫不尊重彼此的付出也不合适。这么多年，你找我咨询理财产品，找筱懿写稿，除了“谢谢”二字，付出过几餐饭几件答谢呢？

B很尴尬：我认为朋友之间不必谈这些小事，你俩遇见大事，我一定会帮忙。

A笑笑：小事都考虑不到的朋友，也帮不上什么大忙。

B脸色大变，扬长而去，我拦都拦不住。

我问A：好好的说这些干吗？

A答：我故意的。不是我计较，只是，我越来越觉得和B的友情很累，她每次约我，都是有事；每次事情办完，绝口不提感谢，朋友不是免费劳动力，再好的关系，都有度。

我想起B找我写稿，确实只是写完了送我一点根本用不上的装饰品或者企业的赠品，因为相识太久，我仅仅把这归结于“节约”。

A接着说：写稿是你的工作，理财规划是我的专业，对别人职业最大的认可就是合理付费，无论关系亲疏，一次两次帮忙可以，时间久了，再深厚的情谊也架不住理所当然的免费消耗。就像你我，我推荐你的理财产品赚了，你每次都记得送我礼物，还开玩笑要给我分红，我有多在意这点钱呢？我在意你这份心，你的理解、认同和感谢，谁都不是该的。钱归钱，情归情，如果谈感情意味着伤钱，对你好就是白奉献，谁愿意一直在这份情感上投入呢？能用钱解决的，就不要谈感情，感情很脆弱，承担的东西太多，长久不了。

除了A，我还有一些特殊职业的朋友，医生、交警、教师等等，他们的工作无一例外看上去能给别人提供某种帮助，比如找医生看病，找老师上学，找交警免罚单，和他们交朋友很容易“变现”，于是，他们被迫交了很多“朋友”。我的交警好友苦笑说：都以为找我能销分，我要有这么大本事，还需要数据管理系统？说实话，开车小心，为自己该扣的分交点钱，比跟我攀交情交朋友更划算。

很多时候，一个久未联络的故人和你谈感情，ta谈的不是情，而是希望你给ta帮点忙；一些热情结交你的新“朋友”，则是看中了你职业背后的附加值。

2. 你以为他在谈感情，其实他想省钱

民国著名浪子胡兰成，有文字记载的，和八个女人相好过，其中包括张爱玲。

第一个唐玉凤，家里定的亲，她死得早，没有看见丈夫后面的七个女人；第二个全慧文，是名教师，给他生了四个孩子；第三个应英娣，是胡兰成从百乐门舞厅领回的妓女；第四个是张爱玲；第五个，几乎与张爱玲同时，护士小周；第六个，范秀美；第七个，日本女人一枝；第八个，佘爱珍。

这是他文章中提到过的，据说没有文字记载的，更多。

胡兰成有一项大本事，既花女人钱，又负女人心，还能让每一个被他花了钱负了心的女人没什么怨悔。

除了他的终结者佘爱珍。

佘爱珍很清楚，这个男人的感情不过是为了套现，他每次开口谈感情，一定是想省钱。

佘爱珍是个传奇的女人（这个有时间我们专门聊），简而言之，她和女文青张爱玲完全不同款，她自称女流氓，是上海黑社会头子吴四宝的遗孀，黑帮大姐大，吴四宝死后，胡兰成看她有钱，特别亲近她。

可是，她的眼光直接越过胡兰成的才华，掂量清楚他的家底：刚被汪精卫免职丢官，连座洋楼都没有，男文人手无缚鸡之力，还不会挣钱。

佘爱珍的钢铁信条是：在结婚前，绝不对男人进行过多的金钱投资，以免今后被抛弃，还要遭受贫穷的折磨。

胡兰成在香港逃难期间，没有去日本的路费，想找佘爱珍借，又抹不开所谓知识分子的面子，于是拿了件大衣试探佘爱珍，让佘爱珍帮自己卖大衣作为去日本的路费。

佘爱珍何其聪明，哪里会不明白胡兰成的意思？甚至，他们还有过第一次亲密，胡兰成写道：在旅馆房里，先是两人坐着说话，真真是久违了，我不禁执她的手，蹲下身去，脸贴在她膝上。

但是，胡兰成一说借钱，佘爱珍立刻哭穷，说自己不比从前，拿出两百块港币打发了他。

好在，天无绝人之路，刚刚得到两笔电影剧本稿酬的张爱玲，给胡兰成汇来三十万法币分手费，他灰溜溜地拿着两百块钱走了，却从天上掉下三十万，犹如神助，立即去了日本。

后来，佘爱珍嫁给胡兰成，夫妻闲聊时她夸口自己在香港的风光，一个月伙食费就好几千块，胡兰成听了很不爽：你那么有钱，为什么就给了我两百块呢？

佘爱珍不接话。

于是，胡兰成自己找台阶下，在《今生今世》里自我安慰：钱是小事，她不了解我，从来亦没有看重过我，她这样对我无心，焉知倒是与我成了夫妻，后来我心境平和了，觉得夫妇姻缘只是无心的会意一笑，这原来也非常好。

张爱玲花了三十万，也未必落得这句“非常好”。

可见，一个女人花了钱，付了情，真的未必讨得个“好”字。

关键是她“拎得清”。

所以，女人，珍惜你的感情，也珍惜你的钱。

3. 很多时候，情都不如钱坚挺

我并不拜金，但我很清楚金钱的意义和价值，不太夸张地说，金钱可以摧毁这个世界上绝大多数关系和情感，就像那句苍茫的谚语：你可以用钱买到任何东西，除非出的价不够高。

金钱像一场积分，用数量区隔了哪些人是我们生命中的普通卡用户，哪些是金卡、钻石卡和VVIP用户。

而感情是易碎品，除了父母、手足、夫妻、至交几个极少的“过硬关系”，它们经得起与金钱掺杂在一起，经历消耗和考验，并且九死一生地存活下来，大多数朋友之情、远亲之交、男女之欢都升华不到金钱和相互深度帮助的地步。

所以，那些动机不纯粹的交往大可以免了。

金钱和感情都是对等的，一份付出意味着一份回报，同等的付出才能得到同等的回报，能用钱解决的，就不要谈感情。

感情是温度，钱是货币。

金钱可以是交易，感情不行。

把金钱和感情搅和在一起，可能两个都得不到。

我从拼命三娘，变成缓释胶囊

我曾经是一个特别努力的人。

努力到什么程度呢？不给自己留余地。

我坚信没有到达不了的明天，好的开始是成功的一半，不为失败找借口只为成功找方法，所以，我把自己压得特别紧，每天铆足劲绷紧弦，试图给每个人留下好印象，用了很多“蛮力”，还常常自我激励：加油！越努力越幸运！

我的第一份工作是总经理秘书，我老板是个有洁癖并且深深信仰“专业就是细节”的中年男性，他的办公室由保洁员打扫，但是我不放心，所有器具包括烟灰缸全部自己动手擦一遍，而且一客一换；

他不喜欢喝茶，我每天早晨准备温度适宜的白开水；

他准点得像个闹钟，每天他进办公室十分钟整理好后，我就向他报告一天的行程安排；

他欣赏职业化的装扮，22岁的我每天都穿得老气横秋，甚至担心突然的活动或者意外，比如吃饭弄脏衣服之类，另外备了一双高跟鞋和厚薄两套不同的职业装；

他所有的文件，包括各类工作追踪、讲话稿、会议记录永远装订整齐，内部临时用是回收纸打印，对外使用不仅纸张讲究，装订也考究，这些文件按照工作分类，排列整齐；

甚至，对待办公室其他人的要求，我也有求必应，职场手册里都说，新人要眼明手快诚恳热情呀。

几乎没有悬念，我成了公司秘书界的杰出代表，以及同事的哆啦A梦，我老板很自豪，他觉得我符合他的要求并且深得他真传。

每当有同级别客人来访，即便对我礼节性夸奖，他也会热情地接茬，甚至带他们去衣帽间参观我传说中的两套备用装；公司上下掀起了“向李筱懿学习”的风潮，同事们用参观、会议、笔记、群交流等喜闻乐见的形式一起探讨，人力资源部邀请我参与新员工培训，用自己宝贵的经验把ta们不仅扶上马，还要送一程。

可是，我工作量那么大还要搞接待，本职工作之外增加很多负担，累得像条狗，光环之下还不能随便汪，心情是一种怎样的郁闷呢？

被架上去下不来就是这种感觉，始终脚底悬空，不知道什么时候就会跌个马趴。

那时，我从来没有想过这样的欣赏和热闹能够持续多久，只是觉得自己越来越累，沦陷在各类琐事中，经常被呼来唤去，深深掉进了自己亲手挖的坑：

别人：帮我复印下调研报告。

我：这会手头好忙，半小时以后去好吗？

别人：昨天××叫你，你立刻就去了。

我：……好吧……

别人：帮我搜集下行业资料，我赶着去开会。

我：老板的会议记录还没有做完。

别人：我不是老板你就不鸟我，刚上班就势利！

我：……好吧……

老板：为什么这里行间距不是1.5？

我：抱歉，我现在就去调整。

老板：对自己高标准严要求。

我：……好……

忙炸天的生活里，我不仅用户满意度下降，还累出了人生第一次住院，像一只运动量过大的麻雀，掉在地上飞不动。

劳模不得不请假，我老板很不适应，员工和爱情一样，不在服务区才明白珍贵，他发现我不在确实影响工作进度，怎么破？他是个解决问题能力超强的人，比我都更早思考，这姑娘怎么那么多事？为什么生病？怎样才能让她更高效地成长？这些，是当时的我所看不到的。

复工第一天，交待完日常工作后，他叫住我："筱懿，你特别像我刚工作的时候，总想给人留下好印象，结果用力过猛。职业是超长待机，得掌握好节奏。你一开始表现太突出，会让大家把这个水准当作你的常态，一旦达不到，就是更大的失望和责难，人不可能总是非常态对吧？所以，你要找出一个自己能够长期坚持的强度，像缓释胶囊一样，慢慢释放，逐渐加力，不要一开始就像个拼命三娘，开局红火，后劲不足，又不是突发事件要你去应急。”

他说得非常中肯，一下点破了我那段时间的困惑。

的确，一口吃不成胖子，何况有人天生就是个胖子；一步跨不到罗马，何况有人本来就住在罗马。

起跑线从来不是平等的，也不在乎你三瓜两枣地多赶那几步。确定自己能承受的极限，选择合适的强度，匀速而持久地前进才是正常的频率，绝大多数反常的热闹都很难持久。

如果一个人总在开始就使出100%的力气，这种顶峰状态极难维持，或许最初给别人留下了不错的印象，让自己有了相对平顺的开局，但接下来很可能不断倒退。人的敏感点很有趣，对退步感知明显，对进步反应迟钝，假如你的态度从80分变成100分，别人需要很久才会恍然大悟：咦，这人越来越好了；假如你的行为从100分变成90分，外人却能飞速察觉：这家伙没有以前好了。

这就是用力过猛的问题。

用力过猛并非是坏事，用了猛力之后难以为继后续不足才是缺陷，大多数人的能力仅仅够做到三板斧，劈完之后持续下滑。

真正的武林高手，平时从不以命相搏，他们看上去只用了七八分功力，却大巧若拙游刃有余。金庸老先生曾经在《神雕侠侣》中写，当金兵大举进攻襄阳时，黄药师亲自上阵指挥，用自创的二十八宿阵对付鞑子兵，沙场点兵的过程一气呵成，镇定自若，潇洒泰然，即便生死关头，真正的高手也从不用蛮力，懂“收”才会“放”，懂“含”才会“露”。

我很感谢我老板，他巧妙地在一些场合明确了我的工作范畴，帮我挡掉了我自己揽来的很多事，把我从自己亲手挖的坑里拽出来。

很多年后，我自己创业，遇到如同我从前一般冲劲十足的姑娘，也能够当个善意的过来人，提醒她们从拼命三娘变成缓释胶囊，并非不努力，只是明白了收着点悠着点，给自己留余地。

毕竟，生活和职业都分上半场和下半场。

怎样让身边的贵人愿意帮你

1. 职场真正的好BOSS，并不是给你钱最多的那个

十五年前，我走出校门的第一个BOSS，曾经是位500强高管，他注重工作流程，衣着讲究，最常说的话是“专业就是细节”。

我入职时可以有两个选择：第一，BOSS的秘书；第二，助理培训师。

后面一个起薪更高。

但是，我选择了“秘书”，虽然看上去起点和薪水都不如助理培训师。

我想，助理培训师的机会未来有，可是遇见好BOSS近距离指点的机会却很稀有，他们不仅是职场的“权利先生”，更是业内高手，而武林秘籍，都是高手多年经验的精华。

作为一个新人，客观地说，我不笨，但是，依旧有很多困惑和不知轻重，所以，我入职时和他约定：第一时间指出我的问题。

他笑笑：要求多了，讲狠了，你别哭。

在工作上，他要求确实高，有时，高得让人不舒服。

他开完会三十分钟就要看到会议记录，于是，我准备好了各种不同类型的文件范本，比如会议记录、日报告、周报告、月报告，所有常用文本只要替换掉内容就是新的，像做填空题，标准化之后效率很高；

他要求随口答得上资料里的数据，我锻炼了自己速读和记忆能力；

他成本控制严格，特别讲究条理，我就把所有文件，包括各类工作追踪、讲话稿、会议记录永远装订整齐，内部临时用是回收纸打印，对外使用不仅纸张讲究，装订也考究，这些文件按照工作分类，排列整齐；

甚至，他有一些独特的嗜好，不喝茶，不吃葱，只吃牛肉，于是，我每天早晨准备温度适宜的白开水，外出就餐时照顾他的口味。

他还有强迫症，所有工作必须当天完成，于是，我今日事今日毕。

累不累？

当然累。可是，我的能力也迅速提升。他是一个注重细节的人，我所有的努力他心里都有数，回馈给我的是：不计较我说错的话、做错的事，和我一起探讨职业生涯规划，传授他的职场经验，甚至，还有很多人际交往的窍门。

这些，都是无价的。

好老板是给你最高工资的那个吗？

不一定，好老板是让你成长最快，同时认可你个人价值的那个，ta带你成长，带你挑战舒适区。

人能挣钱的职业周期很长，但关键的成长点就几个，真正的好老板能帮助你成长，让你从挣钱变得值钱，值钱之后再去挣钱，要容易得多。

我的第一个BOSS，我们共事一年后他辞职创业，临走前，对我的薪酬、岗位都做了周到安排。

现在，他在自己的领域里依旧是排头兵。

2. 所谓贵人，只愿意帮助他们觉得“值得帮”的人

我的第二位BOSS，是职场女空降兵，她被高薪请来，在公司里并没有熟人，我看着她一点一滴打开局面。

刚上任时，她每天来得很早，向员工了解信息，融洽关系；走得很迟，趁着下班前相对宽松的时间和平行公司负责人沟通。她观察公司业绩成长，并没有急着提出新政策证明自己能力强，而是最大限度保持稳定，在稳定中寻找突破的机会。

而且，她又美又会穿。

我是她的迷妹。

我总是想复制一点她的优秀，希望她能像第一个BOSS一样教我，我借着各种工作汇报的机会问她问题。

有一天，她突然笑着对我说：筱懿，咱俩都学中文，你肯定知

道白居易和顾况的故事吧？

我不太明白她的意思，她接着说：

白居易年轻时去长安游学，拿着自己的诗去拜见当时已经成名的诗人顾况，顾况一听说他的名字叫“白居易”就乐了，开玩笑说：“长安城里东西很贵，住下来可不容易啊。”

白居易那天拿的诗中有一首叫《赋得古原草送别》——离离原上草，一岁一枯荣；野火烧不尽，春风吹又生。顾况读完，拍着手说：“能写出这样的诗，住在长安就不难啦，我之前说的话都是玩笑。”

后来，顾况给了白居易很多帮助。

她反问我：你觉得人们最愿意帮助什么样的人？值得帮的，帮了以后有转机的人呀。所以，我们自己要有底气有声音有起色，让人愿意帮。自己死水一潭，时间久了，就没人愿意搭理你了。

她给我的启发是：自己主动成为“值得帮”的人，才会有贵人“愿意帮”。

3. 诚意是最高段位的情商

我的第三位BOSS，画风大变，特别不喜欢我，言语中的嫌弃挡都挡不住。

那时，我刚从报社新闻部调到广告部，我很好奇他不待见我的原因，很快，我发现症结在两点：第一，他觉得我是个娇气的花瓶，吃不了苦，没有用；第二，他觉得我过于小情小调，和销售岗位“狼性”的气质不协调。

症结找到，怎么破？

首先，提升工作业绩，女性“优雅的狼性”未必比不过男人的坚毅凶悍，我业绩很快达到他无法嫌弃的数字。

然后，找机会突围，真正在情感上融洽。

恰好，报社准备在商场举办第一次24小时彻夜购物节，有一项苦活，统筹现场布置。商场白天营业，所有布展都在晚上通宵进行，五层楼一层地下超市，要检查很多细节，是技术活更是体力活。

我说：我去吧。

原本嫌弃我的领导有点吃惊地看看我：你行吗？

我说：一定把场子看好，不丢你脸。

确实很累。上下来回地走，反反复复地检查，运动量像一场长跑。

凌晨，我领导带其他同事来检查工作，从他的表情里，我看得出认可。

此后，我们的关系融洽很多。

共事十年，即便我们风格迥异，他一直真心认可和帮助我，教我很多实用的技能。

遇见一个不喜欢自己的上司怎么办？

辞职吗？人一辈子能辞多少次职呢？能遇到问题就辞职逃避吗？

只要你所在的企业或单位不是太烂，你上司的上司不是太瞎，你的上司就一定有过人之处，至少，有过你之处。

不主动尝试去喜欢和接纳一个人，你永远无法获得别人真正的喜欢和接纳。

人类聪明又敏感，千万别自作聪明，虚情假意的讨好与奉承长久不了，如果人人都像甄嬛骗皇上那样瞒天过海，宫斗大赢家就不会那么难了——不要试图欺骗别人的第六感。

人接纳另外一个人，或者是真爱，或者是利益，或者两者都有。

有时候，不是我们身边“机会”或者“贵人”少，是我们自己没有把握住。

愿我们都能从苍茫的人海中遇见、找到自己的“贵人”，并且学习到真正的本事，在生活中活出另一片天地。

她为什么招人嫌

在我们公司，因为女孩多，除了日常业务培训，另外有堂分享课，名叫《怎样成为一个不招人待见的女人》，和《职场礼仪》、《时间管理》、《沟通技巧》一样，是入职培训中的一项——很多行为准则致力于说明怎样做是对的，可是，知道不要做什么比知道要做什么更直接，了解禁忌与懂得规则同样重要。

怎样成为一个不讨人喜欢的女人？以下是速成法。

1. 不善良，并且愚蠢得坦率

《汉书·外戚传》里说：“景帝尝属诸姬子，曰：‘吾百岁后，善视之。’栗姬怒不肯应，言不逊，景帝心衔之而未发也。”

把这段翻译成白话文：在遥远的汉朝，汉景帝，也就是汉武帝的父亲，某天身体不好心情也不太好，于是对太子的母亲栗姬说：“我百年以后，希望你能善待其他的妃子与她们的儿子。”

那时栗姬已经是现任太子的母亲，只是没有被提拔到皇后的位分，看过《甄嬛传》与《芈月传》的都知道，这是一道送分题，答案分为三个步骤：首先，皇上您千秋万代隆恩不绝，谈何百年？其次，您去了臣妾不愿独活。再次，倘若您留我们苟活在世间，太子和我一定照顾好其他王子。

是不是很虚伪？

是不是一点都不正能量？

所以，栗姬没有这样回答。

在景帝说了这番已经有托孤和立她为皇后的打算的话之后，她莫名暴怒，不仅不愿意照顾其他皇子和他们的母亲，甚至对景帝出言不逊，景帝极其不满，暂且忍耐，后来，各种错误叠加，栗姬的儿子太子刘荣被废，她抑郁而终。

骨子里不善，并且连“伪善”都懒得装的女人，不仅仅在宫斗剧里不被待见。

我曾经问过很多人，最难以容忍的女性的缺点是什么，答案让我吃惊，无论男女几乎回答一致：没有善意的女人最可怕。

“善良”是个有点大的词，从字面很难解释清楚究竟怎样的行为是“善良”，怎样的行为是“不善”，可是，一旦放入具体情境，会立刻明白它的含义：善良是在别人哭的时候自己别笑；是在同事有疏忽时补漏而不补刀；是懂得控制情绪照顾家人的感受；是对朋友的隐私守口如瓶对得住他们的信任；是看到比自己过得好的人不泛酸，面对暂时不如自己的人不炫耀。

这些，是发自内心的温暖和柔软，让一个女人的线条不那么生硬，心境不那么冷酷，在各种场景中能够换位思考，顾及别人的感受。

或许你会说，这很多都是伪善，不够真性情。

真恶与伪善哪个更可怕?

一个人恶得毫不掩饰，往往根本不觉得那是恶，任由恶肆无忌惮地蔓延和发挥，杀伤力该多大多可怕?人性的弱点普遍存在，可恰恰是弱点区分了个人水平的高下，有人擅长藏拙向好，有人挡都挡不住无所顾忌，打着真性情幌子的粗暴可爱吗?

很多时候，脾气直都是粗鲁和小恶意的侧漏。

2. 分寸感差，交浅言深

有人给你看手机里的某张照片，看完即止，不要左右滑动翻看其他照片，这是小事，却是别人的隐私;

有人愿意让你搭顺风车，问一声“坐哪个位置方便”，不要大喇喇坐上副驾驶，对于很多人，副驾的座位是恋人、爱人和亲人的专座，他们不习惯和不够熟悉的人靠太近;

找人办事，确认那在别人能力范围之内，如果别人还要辗转托关系才有可能办成，谨慎求助，关系没到那个份上的要求，说了也白搭，彼此都尴尬;

朋友出国，问你带什么，不是闺蜜客气一下就算了，她是旅行不是代购，没有义务满大街帮你找东西，回来给钱的时候利索点，零头别要了，即便带的不对，也收着，不要让别人难办，代购有风险，委托要谨慎;

孩子再可爱，自己知道就行了，除非别人主动问，不要满世界晒，尤其对同事，她们是工作伙伴，不是街坊邻居;

不要轻易觉得任何一个人是傻子，因为真正的傻子是看不懂高人的；

姨妈期、哺乳期、过往病史、恋爱经历都是隐私，慎谈隐私，大多数人不尊重的不是所谓心机婊，而是什么都说的透明人；

失恋之后，一别两宽各生欢喜，往事不要再提，人生已多风雨；

……

分寸是个很微妙的词，得体的姑娘，永远和别人留有一个身位的距离。

3. 长不大的小天真

王朔曾经说，一个男人夸一个女人漂亮，就好像我们去餐馆吃饭，觉得好吃夸两句可口，但这并不意味着我们打算留下来当厨子。

分得清客套和诚恳，分得清人性复杂的真实，是女人的眼力和本事。

我刚工作的时候，公司有一位漂亮的前台，真美，好看得我们都不敢和她合影，生怕被比较成俗物。那时候，她唯一的工作就是做好公司的招牌，引领来宾，登记访客，非常简单。她也是个单纯的姑娘，喜怒都摆在脸上，偶尔犯个错，上司还没张口批评，她的眼泪就下来了，谁愿意对一个脆弱的女孩摆脸呢，上司只好摇摇头：“小姑娘自尊心太强。”大事化小小事化了。

十年后，当年的女员工或者升职，或者跳槽到其他公司担任中层，偶尔回原来的办公室看看，我们发现，她依旧是前台，只是和从前的境遇很不一样。

行政经理说，这么多年，她除了单纯和好看别无所长，30岁的爱好依旧是打扮和吃穿，安排各种职位都不合适，话讲重了依旧是哭，可是，哭有什么用，哪个公司会用35岁的前台呢?

言语中无奈而嫌弃。

她让我明白，单纯是一项优点，只是，它是一项有保质期的优点，25岁以后，不谙世事就不再是夸女人的话。

和一个过于天真的女人在一起，人累心累还说不出口，久而久之，就不再待见。

每次，我们培训课的结尾都是互动时间，给大家留下充分的吐槽机会，不仅说，还要记，写下那些被你吐槽过的不招人待见的行为和举止，在工作中记住别犯。

好了，现在可以好好干活去了。

当女人遇上坏人

我一直认为柔弱是女性美的重要标志，并且以优雅、斯文、温婉等词汇要求自己，直到H跟我说那都是扯淡。

H是我大学校友，她经常教育我，学会对付坏人是女孩的防身必备，童话里还有大灰狼呢，你不能指望自己一辈子幸运得只遇见好人吧?

我盲目乐观地表示：可以喊救命啊。

H翻我一眼：你总得挺到别人赶来救你的那一刻吧。

大一暑假，我们一起到一家不大的周报实习，这是我和H第一次以成年人的身份接触社会，都有点忐忑，于是形影不离。有一次，我俩被安排采访一个做盒饭发家后来几乎垄断区域快餐市场的商人。

办公室采访结束后，他提出带我们去看他的配送和采购，于是我们跟他来到配送现场。很多小伙子正骑车准备出门送外卖，他叫来配送负责人，说陪两位实习记者再看一下采购存储环节，H问存储在哪里，对方说在地下室。

四人一行继续去地下室，虽然在一栋楼，路却越走越偏，还没到地下室门口，H便停住对我说：哎呀，忘记了，老师说11：00顺路来接我们，还有五分钟，时间不够了。

盒饭王有点不悦：都到门口了，去看看吧。说着，动手拉H。

H立刻甩开，拽住我的手小步快跑，边跑边说：老师交代了，采访不去黑乎乎的地方。

我们一口气跑出门。

我问H，老师什么时候说来接我们？H说：你傻啊，你不觉得他看上去不面善？

我说：外表是有点凶，但也许他人不错，不然怎么做成生意呢？我们这样跑掉不礼貌。

H摇摇头：我爸说，女孩子对自己最基本的保护是不涉险境，不去可能有危险的地方，不管什么环境，只要自己觉得不对劲，哪怕只是一点点，立刻离开。得罪人不怕，万一对方是坏人才可怕，很多做成事的人靠的是胆大而不是好心。

H的警察爸爸觉得，教女孩防范坏人和教她们做个好姑娘同样重要，尤其，对待坏人可以撒谎、吼叫、厮打、作假，用任何有效而不是有教养的办法，有胆量杀人放火的恶人毕竟是少数，绝大多数坏人也会考虑做坏事的成本，成本越高越顾虑后果。

对坏人束手无策，对险境无法自救，并不是柔弱的女性美，是窝囊。

但是，确定反抗无效后要迅速妥协，生命高于一切，不认命和不拼命都是生存的智慧。

那年暑假实习快结束时，我们共同的实习老师把我叫到办公室。

老师肯定了我的实习表现，问我想不想做大稿，我问是怎样的大稿，他拿出一封信扬了扬：这是封实名检举信，××地区（一个五线城镇）一把手利用职权侵占土地，我们去做暗访，这是难得的重要稿件。

我问还有谁一起，他回答：就我们俩，人多目标大。

我略迟疑，委婉谢绝：我的社会经验和对稿件的处理能力都远远不够写这篇稿子，谢谢老师认可。

他的笑在脸上停顿了一下，收起，点头示意我离开办公室。

后来，我问H为什么没有叫她写大稿，她龇牙咧嘴地笑着说：因为你看上去比我像包子呀，柿子还拣软的捏呢。可是，特别好说话，特别不生事，并不是随和的女性美，是缺乏立场和原则，坏人觉得这样的女孩不仅上当几率大，事后风险也小。

时间证明H当时拉着我走开是对的，我拒绝写大稿的机会也是对的：我们大学毕业那一年，盒饭王被曝光打着帮助大学生勤工俭学的幌子强行猥亵女生；而我们曾经的实习老师，一年后和我们的学妹谈恋爱，可他的太太冲到学校毫不留情地掌掴了那个不到20岁的女孩。再然后，实习老师消失了，女孩从此像受惊的小鹿一样生活在校园，一直到我毕业，她都没有再谈恋爱，只是成绩出奇地好。

龌龊的心和道貌岸然的脸也可以同时出现。

卑劣的品性和成功的事业也能够成双成对。

怎样对付坏人呢？不涉险境不立危墙，尽量远离有危险苗头的人和环境，真到坏事降临，需要和坏人正面交锋，绝大多数常人单枪匹马都斗不过坏蛋，因为常人有忌惮和底线，而他们没有，杀伤力特别强。

可是，真的碰上坏人，优雅地喊救命有用吗？

没用。

多年来我眼见H用自己的方式应付了很多意外。

她对一脸坏笑走过来的露阴癖很不屑地说“这么小还敢露”，我说你难道不怕他袭击你？她撇撇嘴：真有那个胆对方也不靠露阴满足自己了，他就是想看到你害怕的样子。

那个露阴癖确实没有再出现。

办公室同事传言她对销售账目做了手脚，她笑嘻嘻地公开走到对方面前：听说你认为我销售账目有问题？那是领导和财务关注的事，不是你该关注的事，有证据你就实名举报彻底检查，没有就闭嘴，我特别有耐心和诽谤我的人用正当的方式周旋到底。

因为出了名的“不好惹”，H的工作反而很顺利。

甚至，她怀孕六个多月时，我开车带她出门遇上碰瓷，对方假装倒在我们车前大声喊叫被撞伤，我茫然的时差里，H已经麻利地躺在地上比他们还大声地呼救：有人碰瓷还殴打孕妇，快打110报警啊，我们有录视频……然后，对方飞快地爬起来跑掉了。

H拍拍身上的土，若无其事地坐回车里。

什么是“坏”人呢？ta未必长着凶神恶煞的脸用刀抵住你的腰，ta很可能是职场上为了升职机会诋毁你的人，是生活中为了私利最大化欺负你的人，是爱情里犯嫉妒放你坏水的人，是婚姻里挖你墙角的人，甚至，是一些陌生的侵犯了你合理权益的人。

怎样对付坏人呢？

H经常自嘲境界低，比如：人敬我一尺我敬人一丈；你踩了我左脚我一定护好自己的右脚；面对虚伪的家伙收起自己的真诚；不讲假话但不愿意被人套话；理解他人对商业利益的合理诉求但是打回对方指望多吃多占的手。

我的偶像H也有两个偶像：一个是曼德拉，因为他超越种族和仇恨的博大宽容；另一个是基督山伯爵埃德蒙·堂泰斯，因为他恩仇皆报的爽利，能把坏人出的拳打回去是能力而不是境界，不然阿Q怎么报不了仇呢？

傻白甜并不是女性美，只是懦弱的另外一种表现。

特别有观众缘的女人，无论是武侠小说还是都市剧，哪个身心弱小呢？从《射雕英雄传》里的黄蓉、《倚天屠龙记》里的赵敏，到《云海玉弓缘》里的厉胜男，她们都是亦正亦邪的女人，能和好人好好说话，也能对坏蛋兵来将挡，她们层次丰富，搞得定生活不同层面抛出来的问题，她们既会呼救，也能自救。

脆弱的女人应对不了凶猛的生活，连电视剧都觉得傻白甜不再讨喜，何况现实呢？

像男人一样思维，像女人一样行为

1. 职场不需要过于云淡风轻的女人

我当了很多年文艺女青年，后来才发现，文艺女青年最大的毛病是一不小心就活成了矫情女青年。比如，做了多年销售，带了多年销售队伍，我依旧很淡泊，遇事不争不抢，在利益面前久经考验，以至于我们团队损失了不少或明或暗的收益。

但是那一次不同，报社第一次打算重奖超额完成任务的广告销售团队，从进度上看，我们部门最有希望。

所以，我领导找我谈话。

他说：年底报社重奖超额团队，说说你打算怎么做。

我微微不屑：我把利益看得没那么重。

他有点冒火：你看得不重，怎么不问问团队其他人看得重不重？买房买车要钱，上有老下有小要钱。你怎么不问问报社看得重不重？年底的每一分钱回款，都关系员工福利，你一个人云淡风轻，不要让别人跟你受罪。你不替团队争取，团队哪有凝聚力，团队松松垮垮，要你干吗？

我领导最喜欢说的一句话就是“事情都容易，要你干吗”。

我不怕耽误自己，但我特别怕影响别人，他很会找我痛点。

他接着说：这里是职场，不是身心灵学院好吧？什么都云淡风轻，对结果没有要求，工作怎么做好？

我说：我不喜欢处心积虑做成一件事情的感觉。

他看看我，然后笑起来：

你觉得所有事情都是水到渠成的？“渠”还是人挖的呢。没有任何成功不是争来的，只有争完了做成了才跟你讲我是云淡风轻的。

马云创业的时候怎么不说他不想做大？冰心要是淡泊名利和林徽因斗个什么气？钱锺书他老人家如果真心如止水，也不至于为了一只猫和梁思成家闹别扭。你们女人能不能多看点历史少看点八卦？

我也是学中文的，那句“我跟谁都不争，跟谁争我都不屑”根本不是杨绛先生说的，那是人家英国诗人兰德写的，天天抄鸡汤不深度阅读和思考，你的品位和趣味永远带着女性的局限。

所有成功，无论大的小的，都是拼出来的，不拼不会赢，年纪轻轻不要把自己搞得云淡风轻视金钱如粪土，得不到就别说你不想要，只有真正把事情做成了之后，你才有资格谦虚。

他停顿一下，为自己的发言做了个鸡汤总结：行为女性化，思维男性化，才能在坚硬的世界里身段柔软地生活。

我立刻笑场。

说实话，我未必同意他所有观点，但我认同那句：行为女性化，思维男性化。

2. 行为女性化，思维男性化

沈阳大帅府是张作霖的故居，我和所有参观者一样，特别被位于帅府花园中心的小青楼吸引，这是当年“东北王”专门为最心爱的五夫人寿懿建造。

张作霖一生娶了六位夫人，生有十四个子女，但与寿夫人感情最好。寿夫人也是张学森、张学浚、张学英、张学铨的生母，大帅府实际上的“二把手”，熟悉的人回忆，她“精明能干、智慧周到，很善于协调和其他人的关系，和各位夫人相处融洽，口碑很好”。

寿夫人在诸位夫人中受教育程度最高，她曾经在1906年的奉天女子学堂毕业典礼上作为毕业生代表致辞，她和丈夫最能谈得来，也非常理解丈夫的思路。

1928年6月4日凌晨，张作霖乘专车通过京奉与南满铁路交叉处发生爆炸，日本关东军策划了这次“皇姑屯事件”。张作霖遇险后立即被送回小青楼一层的西屋，当时在车上已因被弹片割断喉咙气绝身亡。

如果按照纯粹的女性思维，遭遇突然变故，情绪宣泄是本能反应。可是，故人已去不能复生，当时东北局势特别复杂，张学良尚未赶回沈阳，要为他争取时间稳定局面，妥善处理问题是当务之急。

于是，寿夫人强忍悲痛，沉着应对。

她要求以奉天省公署的名义在主要媒体刊登张作霖“安然无

恙”的通电，维持帅府秩序与往常一样，让监视的日本特务看不出任何异常，甚至特意安排医生每天出入帅府做出按时诊治的假象。在日本领事的“探视”和日本《朝日新闻》记者的采访面前，寿夫人谈笑风生，当日本人亲耳听到楼上留声机里放着戏曲，看到家人送饭上楼，才对张作霖“安然无恙”深信不疑。

6月19日，张学良化装通过日本关东军控制的京奉铁路回到沈阳，21日才正式发布张作霖死亡的消息。

那年，寿夫人35岁。

她用男人的思路和女人的方式度过了人生中最艰难的时刻。

3. 看唐诗宋词，也读稻盛和夫

纯粹的男性化思维冷峻生硬，完全的女性化方法局促优柔，真正妥善解决问题的，往往是“雌雄同体”的方式。

甚至，每个人都同时具备了“男女”两个性别的心理特质，只是根据不同情境，选择能用到的那个部分，或者自己有意识地决定让哪种方式更加突出。

按照我领导的建议，除了女性修身养性的书籍，后来我大量阅读了历史、传记、经济、管理、哲学等各种书籍，不太局限于女性的小悲小喜。

看唐诗宋词，也读稻盛和夫；看琼瑶的小说，也读唐德刚的历史；看《福尔摩斯探案集》，也读《梁启超和他的儿女们》；看

《西方美术史》，也读《激荡三十年》。

高的低的都有益，雅的俗的都有用，只有知识储备到一定数量，才能融会贯通，形成自己的世界观和方法论，而没有世界观的女人，很难找到解决问题的办法。

活明白的女人都是和自己死磕，不与别人较劲。可是，绝大多数女人都活反了，专门和别人较劲，不和自己死磕。

每一点成绩和收获，都是建立在对自我要求严格，不断精进的基础上。

女人的自我成长，“云淡风轻”只是其中的一种风格，不适合所有场景。

那一年，以不云淡风轻的态度，和有说服力的成绩，我们团队拿到了报社第一笔六位数超额奖励。

生活，该淡泊时淡泊，该努力时努力。

扫一扫，收听有声版

李筱懿

作家，媒体人。

著有超级畅销书《灵魂有香气的女子》《美女都是狠角色》《先谋生，再谋爱》等。

2014 年 7 月，与搭档陶妍妍共同开设女性主义原创自媒体矩阵“灵魂有香气的女子”，包括系列图书、公众号、广播、视频，分享生活微智慧，输送情感正能量，与 260 万城市女性共同成长。

谢谢。您选择的是一本果麦图书

诚邀关注“果麦文化”微信公众号

在时光中盛开的女子

产品经理 | 何 娜　　书籍设计 | 陈 章

特约编辑 | 孙 雯　　责任印制 | 梁拥军

后期制作 | 顾逸飞　　出 品 人 | 路金波

图书在版编目（CIP）数据

在时光中盛开的女子/李筱懿著.--上海:上海文艺出版社,2017
ISBN 978-7-5321-6247-5

Ⅰ.①在… Ⅱ.①李… Ⅲ.①随笔—作品集—中国—当代
Ⅳ.①I267.1

中国版本图书馆CIP数据核字(2017)第029737号

出 品 人：陈　征
责任编辑：陈　蕾
特约编辑：何　娜
　　　　　孙　雯
封面设计：陈　章

书　　名：在时光中盛开的女子
作　　者：李筱懿
出　　版：上海世纪出版集团　上海文艺出版社
地　　址：上海绍兴路7号　200020
发　　行：杭州果麦文化传媒有限公司
印　　刷：北京鹏润伟业印刷有限公司
开　　本：880mm×1230mm　1/32
印　　张：7.5
插　　页：4
字　　数：174千字
印　　次：2017年2月第1版　2017年4月第2次印刷
印　　数：110,001-130,000
I S B N：978-7-5321-6247-5/I·4985
定　　价：36.00元